HOOD

— • —

editores mexicanos unidos, s.a.

ROBIN HOOD

LEYENDA INGLESA

editores mexicanos unidos, s.a.

Versión de:
Juan Guillén

© Editores Mexicanos Unidos, S.A.
Luis González Obregón 5-B Col. Centro
Delegación Cuauhtémoc
C.P. 06020. Tels: 521-88-70 al 74

Miembro de la Cámara Nacional
de la Industria Editorial, Reg. No. 115

ISBN 968-15-0264-7

1a. Edición diciembre de 1998

Impreso en México
Printed in Mexico

PROLOGO

En 1066 Inglaterra fue conquistada por los normandos al mando del duque Guillermo. Derrotado y muerto el rey anglosajón Harold en la batalla de Hastings, los normandos se adueñaron del poder, se repartieron las tierras, dictaron las leyes y administraron el poder en todas sus instancias; se convirtieron, pues, en la clase dominante e introdujeron el feudalismo. El pueblo sajón fue reducido a vasallaje.

A la muerte de Guillermo el Conquistador, le sucedieron en el trono sus hijos, quienes al final de sus mandatos dejaron al país en una situación caótica. Las luchas por el poder ensangrentaron Inglaterra, hasta que en 1154 Enrique II Plantagenet subió al poder. Nacido en Francia, su reino se extendía desde los valles escoceses a las montañas pirenaicas. Este monarca consiguió pacificar el país y establecer un régimen de justicia. A Enrique II le sucedió su hijo mayor, Ricardo conocido como Ricardo Corazón de León. Aventurero más que político, Ricardo participó en la tercera cruzada y combatió contra las huestes de Saladino. De carácter impulsivo y temerario pero no demasiado inteligente, Ricardo Corazón de León no pudo a pesar de su coraje liberar tierra santa. Mientras se hallaba combatiendo contra los musulmanes, su hermano Juan, conocido como Juan sin Tierra, a quien Ricardo había dejado al frente del gobierno, se había hecho proclamar rey. Alertado Ricardo de lo que sucedía en su reino, concertó un pacto con Saladino y emprendió el regreso a Inglaterra.

La vuelta a su país estuvo colmada de peripecias y percances de los cuales mal que bien fue saliendo, aunque perdiendo mucha de su tropa; por último, al pasar por tierras austriacas fue capturado por el Duque Leopoldo, enemigo de Ricardo, quien lo encerró en una mazmorra de la que logró salir al cabo de dos años previo pago de un cuantioso rescate.

Cuando Ricardo Corazón de León arribó por fin a su reino, se propuso componer los entuertos cometidos por su hermano al que acusó de alta traición, pero poco después lo perdonó. Breve fue la estancia de Ricardo en Inglaterra a pesar de que el pueblo lo veneraba, pues diligentemente acudió al continente a defender los territorios franceses de su posesión de los cuales intentaba anexionarse el rey francés Felipe II. En 1199 Ricardo Corazón de León perecía víctima de sus temeridades al asaltar un castillo enemigo. Ricardo había dejado dispuesto que a su muerte le sucediese su hermano Juan, haciendo gala de la inconsciencia y falta de picardía que le caracterizaban.

Casi con toda seguridad no ha habido en la historia de Inglaterra un rey más odiado que Juan sin Tierra. Todas las crónicas y textos históricos nos lo presentan despiadado y le atribuyen un sin fin de felonías. Bajo su reinado florecieron las rebeliones populares y se logró imponerle la denominada Carta Magna, por la cual el rey se comprometía a ceder parte de su poder y a subordinarse a la justicia, iniciándose con este documento el proceso por el cual el pueblo inglés irá minando y restringiendo el absolutismo hasta que a finales del siglo XVII se estableció un sistema liberal, siendo Inglaterra la primera nación donde triunfó el liberalismo.

Las hazañas del noble y bizarro Robin Hood transcurren

en la época en que Ricardo ,Corazón de León se hallaba
ausente de su reino combatiendo en Tierra Santa, mientras
su hermano ocupaba el poder en su nombre e intentaba
adueñarse definitivamente del trono. Al favorecer Juan sin
Tierra los intereses de los nobles normandos y menospre-
ciar y subyugar al pueblo anglosajón, reavivó la división
que enfrentaba a la población de Inglaterra. Ricardo había
conseguido hacerse con las simpatías del pueblo anglosajón,
se había identificado con el pueblo. Juan sin Tierra representaba la otra cara-de la moneda, con él volvían las prácticas selectivas y crueles de los antiguos monarcas normandos y en su mandato llegaron estas prácticas a su cumbre.

No es de extrañar que la rebelión popular se fuera in-
cubando y estallara cuando y donde podía. En este sentido
Robin Hood es la expresión sublimada de los deseos del
pueblo anglosajón por sacudirse el yugo de la nobleza
normanda.

La narración de las aventuras de Robin Hood data de
mediados del siglo XV, y constituye un ciclo en forma de
baladas donde se da cuenta de las peripecias de este aguerrido arquero y su banda, en las encarnizadas luchas contra las tropas de los nobles normandos.

Las baladas (ballads) son pequeños poemas de versos
más o menos extensos divididos en estrofas, donde se re-
latan vívidamente historias recogidas por el pueblo. Son
pues composiciones eminentemente populares, tanto por el
argumento (que circula de boca en boca), como por la forma de transmisión oral y colectiva. Esas mismas peculia-
ridades le confieren a las baladas un dinamismo del que
carecen otros géneros literarios, ya que esta forma de ser
transmitidas les imprime cambios y arreglos constantes.

El contenido de las baladas son leyendas populares. El
héroe, en este caso Robin, refleja la aspiración del pueblo
o de un grupo social. La acción es situada con precisión
pues constituye un elemento capital. Los personajes son

7

descritos con exactitud y cada uno de ellos queda bien definido. Generalmente lo relatado en leyendas se refiere a hechos históricos reales y conocidos, como en este caso, aunque son alterados por el narrador a su gusto. En toda leyenda y en la que nos ocupa de manera preeminente, se subliman los sueños de la gente.

Robin Hood ha trascendido las fronteras nacionales y constituye todavía hoy un arquetipo del héroe popular y justiciero. Noble, honrado, valiente, no duda en acudir en defensa de niños. mujeres y de toda laya de oprimidos, para redimir la afrenta que vilmente les infligen los poderosos. En este sentido Robin Hood es el prototipo de bandido honrado que se levanta contra los ladrones legales que amparándose en el poder y la situación de preeminencia que éste les confiere, efectúan sus espolios impunemente.

Robin, como buen caballero, morirá con la imagen de su amara prendida en su recuerdo. "Con el nombre de su amada en los labios entregó su alma, alma de poeta precursor de utopías, ese santo varón perseguido por los malvados y adorado por los desventurados, a quienes había entregado el don de su juventud y de sus inquietudes espirituales..." Pero a los héroes populares la muerte les viene pequeña, el destino les depara un fin superior: vagar durante siglos por la memoria colectiva de los pueblos y vivir de nuevo cada vez que una hazaña propia de ellos es emprendida por alguien. El destino de los héroes populares es imperecedero.

Juan Guillén

8

I

DE COMO EL ESCLAVO SIBALD PUDO COMER

Eʟ invierno había sido crudo y largo ese año pero ya comenzaba a derretirse la nieve en los pantanos y arroyos, y el momento de sembrar hallábase próximo. Veíanse aún blancas las copas de los árboles en las tierras de la Abadía de Santa María, que, al costado de la selva de Sherwood, administraba con las propias el brutal Guy de Gisborne. Una andrajosa figura se ve aparecer de entre los árboles. Sibald de Dolt, el esclavo, escudriñó sigilosamente un claro de la selva y lo atravesó, dejando en la nieve pequeñas manchas rojas de la sangre manada de las lastimaduras que la hierba seca le había producido en las piernas desnudas. Ganada de nuevo la maraña, caminó largo rato por entre la maleza, con una dificultad que demostraba a las claras su agotamiento.

Comenzó a soplar fuerte viento y aparecieron en el inmediato claro del bosque que Sibald acababa de abandonar, una partida de unos doce ciervos, que soplando el suelo cubierto por la nieve trataban de dejar al descubierto alguna mata de hierba comestible. El hambre del esclavo que contemplaba aquellos hermosos animales reservados para el deporte real fue más grande que el consejo de la prudencia, y armó su arco. El ciervo que parecía ser el jefe de la tropilla se hizo cargo de la presencia de Sibald, pero ya era tarde: la destreza del esclavo dió en tierra con él, y los demás, asustados, dispararon.

Como un loco se lanzó Sibald sobre su presa al verla caer. Llegado a ella, desnudó su cuchillo de monte, y, con hábiles cuanto febriles movimientos, sacó un pedazo de cuero del lomo del animal, dejando en descubierto la carne viva, aún caliente. Con una voracidad que acusaba bien su hambre, devoró más que comió, un gran trozo de ella, y, una vez saciado, púsose a cortar en lonjas iguales el resto comestible del ciervo, apilando los trozos entre capas de nieve ya endurecida. De repente, la sombra de un hombre se proyectó en el suelo, a su lado; el esclavo lanzó un grito y se irguió, levantando el cuchillo en actitud defensiva; mas pronto reconoció a un amigo en el joven corpulento de pelo rojizo y cara alegre, que hacía un instante que contemplaba su nerviosa labor.

—Baja ese cuchillo, Sibald —dijo el hombre con tono perentorio.

—¡Robin! ¡Robin de Locksley!... —musitó Sibald—. ¡Señor, tenía hambre!... —imploró.

—Esto que has hecho significa la muerte para ti, si algunos de los gendarmes o un guardabosque encontrara los restos del ciervo.

—¡Bah!... ¡Morir de hambre o en la horca, qué más da! —gritó el esclavo casi con desesperación—. Mira, amo Robin —añadió—, al empezar este invierno yo tenía una esposa y dos hijos, y era feliz con ellos en mi cabaña. Tuve la mala suerte de caer enfermo, y entonces Guy de Gisborne, diciéndome que un esclavo que no trabaja no tiene derecho a comer ni a poseer techo para guarecerse, me hizo echar por sus guardias hasta los lindes del bosque, y dió mi cabaña a Walter de Bald.

—Verdad es —dijo Robin— que Gisborne es un hombre cruel y ruin, pero lo que tú has hecho está castigado.

—¡Castigado!... ¿Y qué es el castigo? Para eso, mi mujer halló ya la muerte y duerme tranquila, al lado de Freda, nuestra hija, en el silencio de este bosque. Y si por este delito que acabo de cometer me cuelgan, moriré satisfecho, pues he saciado mi hambre, y mi hijo, que desde hace días no tiene qué comer, ahora lo tendrá.

11

Una profunda tristeza reflejaba la mirada de Robin al oír la narración de las desventuras del esclavo.

—¿Dónde está el niño? — preguntó.

—Allí — dijo Sibald, señalando hacia un viejo olmo, en un hueco de cuyo tronco, ya seco, se encontraba el chico envuelto en jirones de trapo.

—¿Y piensas hallar refugio seguro y permanente en el bosque? — preguntó Robin.

—Tendré que quedarme en él, pues de otro modo pronto me hallarían los secuaces de Gisborne. Y si no me fugo o me escondo, me vería obligado a volver junto a él, porque, al fin y al cabo, soy su esclavo. Eso significaría latigazos y el trabajo brutal a que he estado sometido hasta ahora, premiado, al fin de la jornada, con más latigazos; que para eso soy torpe y no tengo derecho a nada. Me llaman "Poca Cosa", pero yo le digo a usted — y aquí su voz se hizo fuerte — que no hay justicia para nosotros los sajones bajo la dominación de estos perros normandos.

—Tienes razón — contestó Robin —, pero, por ahora, trae a tu hijo y vente conmigo a mi casa. Después veremos qué podremos hacer de ti.

—¡A tu casa, amo Robin! — repitió con aire incrédulo el pobre esclavo —. ¡Pero yo maté a un ciervo del rey! . . .

Una sonrisa apareció en los labios de Robin Hood, y tranquilizó a Sibald:

—¡Bah! Yo también andaba por aquí, y bien pude haber tirado un par de flechas . . . — Y reiterando con energía la invitación, repitió:

—Bueno, basta de conversación; ve a buscar a tu hijo y veníos conmigo, que allá encontraréis los dos un poco de calor.

—Amo Robin — exclamó Sibald con lágrimas en los ojos —: ¡qué dirán esos malvados cuando sepan que tú tienes el corazón más grande de todo Nottingham y York!

—Calla, hombre, calla — lo atajó Robin —. Luego hablaré a Gisborne de ti, y quizás nos permita que formes parte de mi gente en Locksley.

Dicho lo cual, e invitando a Sibald a que lo siguiera, salió de la selva a un claro, atravesado el cual se volvió a internar, llegando pronto a una bien construída cabaña de madera, con varios galpones destinados a establo, caballerizas, habitación y otras dependencias, rodeado todo de una alegre huerta.

En esa casa vivía Robin desde la muerte de su padre. Este era un hombre libre que poseía una extensión de unos doscientos acres (más o menos cuatro mil ochocientas varas cuadradas) debajo de la Abadía de Santa María. El abuelo, en la época de Enrique I, las había recibido en usufructo, pero dejando la propiedad a la Abadía. Con ese pretexto, al morir el padre de Robin, Guy de Gisborne trató de apoderarse de ellas para pasarlas a la administración de la Abadía junto con las demás tierra de esa comunidad que él manejaba, pero se encontró con la resistencia de Robin, y las cosas quedaron como estaban.

Dejando profundas huellas en la nieve, Robin Hood, y detrás de él Sibald y su hijo, un niño de unos diez años de edad, aterido de frío y pasado de hambre, llegaron a la cabaña del primero. Pocas horas después, Herberto, uno de los guardabosques de Gisborne, vió las huellas de largos pasos, que reconoció como de Robin, por lo que no paró mientes en ellas. Pero detrás había otras que le llamaron la atención: una de ellas pertenecía a un niño y la otra había dejado a su lado, en cada paso, una pequeña mancha de sangre.

—¡Oh! —se dijo—, aquí ha habido un asesinato.

Y cuando se internó en el bosque y halló la nieve removida, las flechas que mataron al ciervo, la osamenta de éste y la carne que Sibald había metido entre la nieve, ya no dudó sobre lo que había pasado en la espesura.

—Ajá — comentó con cierta fruición —, el amo y el esclavo salen juntos de caza. Hermosa noticia para Guy de Gisborne, que podrá obtener así las tierras de Robin Hood, y que a mí, su portador, me valdrá el ser nombrado alguacil...

Cargó con el esqueleto del ciervo y marchó hacia Fosse Grange, que así se llamaba la vivienda de Gisborne, situada en el bajo del camino que corre desde la Abadía de Santa María hasta Newark. Era todo un castillo la casa donde Guy vivía, y desde la cual gobernaba en las tierras de la Abadía, en virtud de que el abad, padre Hugo, así lo había dispuesto ya en vida de Enrique Curtmantle.

Herberto entró en el hall del castillo de Guy llevando sobre sus espaldas los restos del ciervo. En ese momento, el amo se calentaba las manos al calor de la estufa, cuya leña ardía alegremente en un rincón del dilatado aposento que el fuego hacía confortable.

El guardabosque se acercó a él y puso ante sus pies el cuerpo del animal.

—¿Qué significa esto? — rugió Guy —. ¿Quién ha estado comiendo de él? ¿Por qué no está entero?

—Porque Robin de Locksley se ha comido lo que falta — informó el guardabosque.

—¡Ah! — gritó con la cara descompuesta por la ira Guy de Gisborne —. Lo juro por los dientes de San Pedro que esta vez será arrestado. ¿Tienes pruebas suficientes?

—¿Pruebas suficientes? Mi lord, ahí están las

huellas de sus pasos desde el lugar en que encontré muerto a este animal, a través de sus tierras, hasta su propia casa. Junto a las pisadas de Robin se encuentran las de otro hombre, para mí desconocidas, quizá las de un esclavo prófugo, y las de un niño, a quienes Robin ha llevado para que lo ayudaran en el deshonroso trabajo. Creo que ésas son pruebas suficientes para que pueda ser condenado, mi lord — terminó el guardabosque.

—Sí, y para siempre — rugió Gisborne —. Son pruebas suficientes como para arrancarle las tierras de la Abadía y obligarlo a cortarse una mano por sí mismo. Obtendremos, además, permiso del padre Hugo para sacarle los ojos . . . Ese cazador sajón ya nos ha provocado demasiado. ¿No es así, Herberto?

—Así es, señor; y si no os oponéis, yo seré alguacil . . .

—Eso lo resolverá el padre Hugo. Yo le diré que fuiste tú quien trajo tan gratas noticias, y seguramente él te recompensará bien. Ahora vete, y mientras yo tomo mis armas, mándame doce hombres equipados y prepárame mi caballo blanco; te garantizo que al amanecer las tierras de Locksley ya no tendrán propietario . . . Vamos, Herberto, que tu puesto de alguacil te está esperando . . .

Guy de Gisborne se colocó la armadura mientras Herberto disponía lo ordenado por su señor; una hora antes de ponerse el sol, la tropa partía de Fosse Grange en dirección a las codiciadas tierras de Locksley.

Fué dificultosa la marcha de esos hombres con sus atavíos de guerra, a través de pantanos formados por la nieve, que el viento de una tarde gris y sombría iba derritiendo ante su paso.

Una escena muy distinta se presentaba en el interior de la cabaña de Robin Hood. En un rincón, junto al fuego, el hijo de Sibald se había quedado dormido, después de una comida como no había hecho desde hacía mucho tiempo; su padre, en iguales condiciones de satisfacción física y tranquila el alma, velaba el sueño del niño. A la puerta de la cabaña, su dueño, Robin Hood, observaba el cielo y aspiraba fuertemente el aire, pensando que dentro de pocos días, si la calma duraba, llegaría el momento de poder sembrar la cebada.

—¡Esto es el final del invierno, gracias a Dios!

En eso vio a un grupo de jinetes que, sin seguir las huellas que llevaban hasta la casa, cortaba a campo traviesa, pisoteando los sembrados tempraneros.

—¿Por qué harán eso esos perros normandos? —se preguntó Robin—. ¿Querrán solamente darse el gusto de echarme a perder el trigo nuevo? ...

II

DE COMO ROBIN
SE REFUGIO EN EL BOSQUE

HALLÁBASE todavía a una milla de la cabaña de Robin la comitiva capitaneada por Guy de Gisborne cuando la penetrante mirada de aquél distinguió claramente quién la mandaba.

La circunstancia de que el tirano señor llegara acompañado por el guardabosque Herberto, y la muerte del ciervo, delito que él mismo acababa de apañar, le hicieron comprender cuál era el objeto de la tropa que se acercaba. No le cupo lugar a dudas de que se trataba de una expedición punitiva, que saciaría la sed de odio que contra él alimentaba Gisborne, con el pretexto del encubrimiento evidente del crimen de Sibald.

Sin perder un ápice de la calma que era una de sus características principales entró en la casa y comenzó a prepararse para lo que viniera. Confiaba en su habilidad, en su fuerza y en las de su lugarteniente Will Scarlett, a quien notició en seguida de sus temores. Este reunió pronto a sus hombres, cuando Guy de Gisborne se hallaba aún a media milla de la cabaña.

Sibald, el esclavo, apercibido también de que algún peligro correría su protector, llegó corriendo agitadamente desde el establo donde se encontraba, y, echándose a los pies de Robin, gritó, más que dijo:

—Señor, yo seré la causa de cualquier daño que caiga sobre tu casa. Si vienen por la muerte del ciervo, me entregaré sin que les hagas resistencia. ¿Qué significa la vida para mí?

Pero Robin, sacudiendo la cabeza en enérgicos signos negativos, le contestó:

—Tú te quedarás quieto y harás lo que yo te mande. Por de pronto, escóndete, que ya sabré yo apaciguar las furias del orgulloso Guy.

Robin Hood, al decir esto, tenía a su derecha a William Scarlett, y a su izquierda a otro de sus más adictos compañeros, un muchacho llamado Much, hijo de un molinero, que, llevado por su amor a la aventura, en vez de quedarse a ayudar a su padre en las tareas con que éste se ganaba la vida, se fue de la casa paterna siguiendo a Scarlett, armado de sus flechas, cuando aquél lo invitó a engrosar el número de los partidarios del arquero sajón.

Detrás del grupo formado por Robin, Scarlett y Much, había cinco hombres que representaban otros tantos certeros tiradores, por cuanto

Robin había fomentado entre sus servidores el tiro de flecha o de ballesta como deporte, en previsión de la constante posibilidad de necesitarlo como arma de guerra. Un noveno secuaz de nuestro héroe había permanecido oculto con Sibald en la parte trasera de la casa.

En espera de un ataque por sorpresa, Robin, Scarlett y Much habían preparado sus arcos, cuando el tropel que acompañaba a Gisborne se hallaba a tiro.

Guy, al ver la decidida actitud de Robin, y conociendo la destreza de éste en el manejo de esas armas, frenó de golpe su caballo.

—¡Robin de Locksley! — gritó desde dentro de su armadura —. ¡Baja tus armas y ríndete a mí, mayordomo y vasallo de Hugo de Rainault, que de mis manos tendrás el merecido castigo!

En vez de acatar la perentoria orden, Robin Hood y sus hombres levantaron los arcos, listos para hacer blanco en el tiránico Guy, que, al unísono con los suyos, se protegió con el escudo al ver la decidida actitud del sajón.

—Esas son palabras demasiado fuertes, mayordomo — dijo Robin con calma —. ¿Por qué razón — añadió — debemos entregarnos?

—¡Porque tú y tus hombres han dado muerte a un ciervo del rey en la selva de Sherwood! Y el castigo que te impongo es declararte, Robin de

Locksley, desposeído de tus tierras, impedido de usar armas, más la pérdida de tu mano derecha.

—¿Sin juicio, mayordomo? ¿Sin defensa del acusado juzgáis vosotros y sentenciáis a una persona? — dijo Robin sin perder su tranquilidad.

—¡No hace falta! — tronó, impaciente, Gisborne —. ¡Tu culpabilidad y la de tu gente está suficientemente demostrada, y en nombre del sacerdote Hugo yo soy la justicia!

—¡La justicia en manos de los ladrones normandos! —exclamó Robin despectivamente—. ¡Si desde que el rey Ricardo se fué a las Cruzadas ha desaparecido la justicia de este país! — Y haciendo autoritaria la voz y el gesto, conminó: — ¡No permitas que ninguno de tus hombres llegue a dar diez pasos más, porque dejará de ver la luz del día!

Tratando de que el gesto no fuera advertido por Robin, Guy de Gisborne llamó por señas a uno de sus hombres.

Cuando estuvo a su lado le dijo, disimulando el movimiento de sus labios:

—Aléjate un poco del grupo y dispara una flecha sobre cualquiera de los hombres de Robin, a fin de distraer la atención de éste. Quizá así podamos tomar la casa por asalto...

Fué certero el tiro del criado de Guy, que dió en tierra con uno de los hombres que más cerca se hallaba de Robin; el infeliz cayó sin exhalar un suspiro, con la flecha clavada en medio de la frente.

Sin haber dejado un solo instante de observar los movimientos de Gisborne, Robin había visto lo que acababa de pasar en sus filas, y, lleno de indignación y coraje, gritó:

—¡Un caído! Pero ahora protégete tú, porque aquí sólo entrarás muerto...

Y con la destreza que lo hizo luego tan temido entre sus enemigos, efectuó en rapidísima sucesión dos disparos. Dió el primero contra la máscara del propio Guy, con tal violencia que poco faltó para que éste cayera desmontado de su caballo, terminando el segundo con la vida del felón que momentos antes había matado a un hombre suyo.

A pesar de la conciencia que tenía Robin de su habilidad en la lucha con arco, a fuer de buen guerrero pensó, y así lo dijo a Much, que cerca de él se hallaba, que si los hombres de Gisborne conseguían acercarse demasiado, era un serio peligro para los defensores, debido al mayor número de los atacantes.

—Somos hombres muertos si llegan a atrincherarse detrás de sus caballos — exclamó —. Id haciendo más rápidos los tiros a medida que se vayan acercando y tratad de dar la máxima tensión a los arcos, a fin de penetrar las mallas —ordenó con precisa voz de mando.

Desde ese momento, el espacio que mediaba entre un campo y otro se cubrió de flechas que lo cruzaban con la velocidad de rayos. Un tiro de Much se clavó en la frente de uno de los hombres de Gisborne, al tiempo que otra flecha del mismo origen rompía la rodilla de otro criado del atacante, que se echaba por tierra chillando de dolor, mientras trataba de arrancarse de la herida la hiriente punta de madera.

—Ya hay tres enemigos fuera de combate, y todavía está Locksley sin tocar — se decía Robin, cuando vió a uno de los atacantes que apuntaba serenamente hacia él con fuerte tensión de su ballesta. Con la rapidez del rayo le hizo un disparo, y vió cómo aquel hombre dejaba caer su arma y se llevaba, con un gesto de dolor desesperado, una mano a la muñeca de la otra: la flecha de Robin se le había clavado hasta el codo.

—¿Qué te parece nuestro recibimiento, mayordomo Gisborne? — gritó Robin al tirano —. ¡Si no obtienes esta vez la posesión de una mano mía, por lo menos disfrutarás de su destreza!

Y uniendo la acción a la palabra, hizo dos tiros casi simultáneos, consiguiendo con el primero abrir una pequeña brecha en la coraza de su enemigo. El segundo, habiendo dado un poco más arriba, en la parte en que el pectoral tiene cubierta de acero, no consiguió penetrar, pero la violencia que llevaba dió con Guy en tierra con tal empuje que el normando rodó varios metros sobre la nieve.

Como eco digno de tales golpes, Sibald, que hasta entonces no había tomado parte en la contienda, aparece de improviso de entre los árboles y, corriendo hacia el guardabosque Herberto, que lo había denunciado, le asestó dos profundas puñaladas con su cuchillo de monte, al tiempo que le decía:

—¡Esta por mi mujer y esta otra por mi hija!

Pero quiso la mala suerte que, al echarse sobre Herberto cuando éste caía por la violencia de la segunda puñalada, el guardabosque atinara a extraer su daga y consiguiera, a su vez, herir de muerte al pobre esclavo. El infeliz perseguido y el innoble esbirro mezclaron sus sangres en los estertores de la agonía.

Muy mermada se hallaba ya la fuerza de Guy de Gisborne cuando dos de sus componentes, cobijándose bajo la sombra de unos grandes árboles, se deslizaron hasta adosarse a la pared de un costado de la casa. Pero la maniobra fue percibida por Scarlett, el primer lugarteniente de Robin, que pronto dió cuenta de ellos con certeros flechazos.

Sólo quedaba al normando, cuando todavía se encontraba a unas treinta yardas de la casa, un hombre, y no de los mejores.

Confiado en la resistencia de su armadura, avanzó solo hacia Robin, mientras los amigos de éste, terminada para ellos la lucha, se aprestaban a presenciar el torneo, que prometía ser interesante.

El encuentro estaba igualado por la habilidad de Robir y la armadura del normando.

Uno de los dos debía sucumbir en el combate singular. Era demasiado intenso el encono de uno y la necesidad de defensa del otro.

La pesada armadura de Guy dificultaba sus movimientos para una lucha cuerpo a cuerpo, al tiempo que lo hacía casi invulnerable a las armas arrojadizas; la ligereza de movimientos de Robin le daba cierta ventaja sobre su adversario, aunque no contaba con una protección eficaz contra los golpes de éste.

Pero sucedió lo inesperado: Robin Hood, a quien el furor había multiplicado las fuerzas, consiguió dar con su maza tal sucesión de golpes sobre el yelmo de Gisborne, que éste trastabilló, dió dos o tres pasos sin dirección fija, y en el momento en que parecía querer reponerse, un último mazazo de Robin lo echó a rodar por tierra.

—Ahora, ríndete; ríndete a mí y a mi justicia

— le dijo Robin introduciéndole la punta de su espada por entre el peto y la babera.

—¡Nunca! — contestó fieramente Gisborne.

—Scarlett — dijo Robin —, ¡apodérate de él y átalo fuerte!

Mientras sus hombres cumplían con la para ellos grata tarea de atar y vejar al cruel normando, Robin se dirigió al sitio en que se hallaba el caballo de guerra de Gisborne, se apoderó de él y lo llevó hasta la casa, donde llegó a tiempo para detener a sus hombres, que castigaban al barón Guy.

—¡Basta ya, muchachos!; no sigáis ensuciando vuestras manos honestas con el contacto de esta fiera — les dijo nuestro héroe.

—¡Hazme matar de una vez, ya que me has deshonrado! — suplicóle Guy, sin dejar de demostrar su valor y su energía.

—No — le contestó Robin —, aquí ha habido ya muchas muertes, pero la deshonra todavía no ha llegado. Ahora vendrá para ti, mayordomo. Por todo lo que ha pasado hoy en estas tierras, ya sé que seré condenado por el padre Hugo, lo mismo que esta gente que ha respondido por mí, y de cuya fidelidad me ha dado tantas pruebas. El padre Hugo recibiría muy bien nuestras súplicas de perdón, pero he pensado enviarle el mejor mensajero para que lo noticie de todo antes de que ponga precio a mi cabeza.

Y antes de que Guy se diera cuenta de lo que había querido decir, se dió vuelta, y dirigiéndose a Scarlett, ordenó:

—Scarlett, súbelo al caballo y átalo sobre él.

Cumplida al pie de la letra la orden de Robin, Guy de Gisborne quedó en tal forma asegurado sobre su propio caballo, que casi le era imposible conducirlo.

—Ahora, mayordomo — le dijo Robin —, vete en esas brillantes condiciones a tu casa o a la del padre Hugo, que a mí eso no me importa. Pero si ves a ese indigno sacerdote dile de mi parte que desde este momento puede disponer de estas tierras de Locksley y de la granja, donde podrá ocultar mejor los robos que hoy esconde bajo su cogulla. Pero que no las tendrá a simple título gracioso, pues desde este preciso instante yo le declaro la guerra a él, a ti y a todos los de vuestra ralea, en beneficio de estas honradas gentes, a las que dejan sin hogar, como el pobre Sibald, que acaba de perder la vida.

—¡Gente honrada! — comentó despectivamente Guy de Gisborne.

—¡Sí, honrada y bien honrada! Ya sé que ésa es una palabra que ha de enfurecerte, pues la honestidad y tú son incompatibles. Dile también a tu compinche el sacerdote, que por este asalto de hoy me tomaré el trabajo de dar alojamiento a expensas de ustedes a todo aquel que por vos-otros se vea despojado de su casa o su terreno. — Y dirigiéndose a Scarlett ordenó:

—Scarlett amigo, ponle una rienda en cada mano y que se vaya — dijo haciendo con la propia espada de Guy una seña a éste para que se pusiera en marcha.

El caballo arrancó con paso tardo y pasó, en la oscuridad, entre los hombres de Robin, lle-vando a la grupa a su dueño, enajenado de ira y de vergüenza.

—Y ahora — dijo Robin cortando la especie de encanto que se había apoderado de los suyos frente a la caída del tirano — enterremos a estos hermanos que murieron por defendernos, y sólo a éstos, pues a los esbirros de ese perro normando ya vendrán otros a darles sepultura; pues no me cabe duda de que vendrán, a no ser más que a tomar posesión de la granja.

Una vez cumplida la penosa tarea de dar cris-tiana sepultura a los compañeros caídos, reunié-ronse todos en el gran salón de la chacra a re-poner las fuerzas y a oír las instrucciones de Ro-bin para la huída que debían emprender.

—Al amanecer, es seguro que Guy volverá con refuerzos suficientes para apoderarse de nos-otros — decía Robin —, y ya sabéis que por este hermoso trabajo de hoy habrá tortura y horca para todos, si es que nos encuentran.

—Nosotros permaneceremos a tu lado, pase lo que pase — dijo precipitadamente Scarlett, tomando la voz de sus compañeros.

—Bien, mejor así; estaremos desde hoy juntos para siempre, que no será unidos en la eternidad, en la plataforma de un cadalso.

—Nos internaremos en la espesura de este bosque de Sherwood — siguió diciendo Robin —, donde nadie nos podrá hallar. Allí haremos una vida de hombres libres, viviendo de lo que ponga a nuestro alcance la madre naturaleza y hostigando en la medida de nuestras fuerzas a los poderosos que esclavizan a nuestros hermanos sajones.

Los nueve hombres a que había quedado reducido el número de criados que en su granja tenía Robin levantaron a una sus voces en un grito de "¡Viva Robin!", que resonó en las tinieblas de la selva con un prolongado eco.

—Gracias, amigos. Trataremos de llevar en el bosque una vida mejor que la que hemos hecho hasta este momento. Y ahora carguemos con todo lo que en la selva nos pueda servir para nuestra mayor comodidad. Nos pondremos en marcha inmediatamente, aprovechando la circunstancia que nos presta este viento que removerá la nieve, cubriendo nuestras huellas.

Robin se volvió y, buscando a Much con la mirada, le dijo, al verlo pendiente de sus órdenes:

—Much, mientras nosotros preparamos la huída, lleva a Waltheof, el hijo del desdichado Sibald, a casa de tus padres para que viva allí y que sea atendido por mi cuenta. En el molino estorbará poco, y yo pagaré los gastos; pero que sea tratado como un hijo.

No había llegado aún la medianoche cuando la chacra de Locksley ya estaba vacía.

III

ROBIN
COME EN CASA DEL SHERIFF

PROMEDIABA el mes de marzo cuando Robin
de Locksley, no conocido aún como Robin Hood,
se había internado con sus amigos en las entrañas de la selva de Sherwood, estando bien
seguro de que sería puesto un precio a su cabeza, no sólo por la derrota material infligida a
las huestes de Guy de Gisborne, sino también,
y quizá con mayor motivo, por la burla de que
el normando había sido objeto.

Robin, que como nadie conocía aquella selva
halló para sus hombres un refugio al borde de
un cañaveral situado al fondo de un estrecho
valle, y en el que una amplia cobijadura del terreno, puesta allí por la mano de la Providen-
cia, les podía dar abrigo seguro.

Un arroyo que corría cercano al lugar les
brindaría el agua necesaria, y la abundancia que
por esos sitios de toda clase de caza había (especialmente de ciervos, reservados para las ca-

cerías reales, los proveería del necesario alimento.

En esas condiciones, los amigos de Robin acamparon contentos y dispuestos a llevar adelante una nueva vida. Pero Robin sabía que vivir exclusivamente de carne de caza no constituía el colmo del bienestar; recordó la promesa hecha a Gisborne, de que el abad de Santa María pagaría cara la depredación que en su persona se había cometido, despojándolo de sus tierras de Locksley; recordó también a la multitud de familias sajonas que vivían en la más negra miseria por las exacciones de los tiránicos señores normandos; vió los campos de su país natal trabajados por esclavos sajones en exclusivo provecho de los normandos invasores, y sintió que su vida tenía un destino sagrado. Pensó que en esas condiciones su existencia y la de los compañeros debía responder a un programa determinado de altruísmo y beneficencia.

Por lo tanto, terminada la instalación de su gente, una tarde los reunió y les dijo:

—Amigos, entre nosotros no hay ningún esclavo; todos somos hombres libres y cada uno de nosotros tiene una afrenta que vengar o un bien con cuya reivindicación sueña. Para ello nos constituiremos en banda, y nuestra misión primordial será la de hostigar a los nobles felones en toda forma, despojarlos de sus bienes, a ellos y a sus administradores, hombres de Iglesia y sheriffs y ayudar a los pobres que fueron despojados de esos bienes, devolviéndoles lo que es suyo. ¡Guerra al normando! ¡Guerra sin cuartel! ¡En toda forma y en todo sentido! Pero, por el amor de Dios y de la Virgen, que ninguno de nosotros dañe jamás a un pobre, a un hombre humilde, a un niño y, sobre todo, a una mujer, de cualquier condición que sea.

El tono perentorio que usó Robin para este pequeño discurso y la energía de carácter de que sus camaradas lo sabían poseedor, les dió, en el ánimo de éstos, fuerza de ley. Los secuaces juraron cumplir fielmente con los deseos de Robin, y así quedó constituída una valiente banda de hombres justos y buenos, pero que, de todos modos, deberían obrar al margen de la ley, ley injusta y criminal, pero que, al fin, es ley.

A los pocos días de su instalación hallábase la banda con su jefe en el camino de Nottingham en procura de caza, cuando acertó a pasar por allí el prior de la abadía de Newark, cuyas tierras acababa de vender, y que se trasladaba con sus curas a otro convento.

La partida arriaba unos veinte mulas bien cargadas, en cuyas monumentales alforjas habían alzado los curas, además de buena cantidad de ropa de uso y utensilios domésticos, toda clase de útiles de labranza, barricas repletas de excelente vino, gran provisión de paquetes de fina y blanca harina de trigo y las cuatrocientas monedas de oro, producto de las tierras de Newark.

Dos de los curas llevaban armas, pero quedó muy lejos de su ánimo resistir a nueve hombres de guerra, y cuyo jefe, oculta la cara en el embozo de una capucha roja, les dió el alto con tal decisión y energía que no les cupo duda de que se trataba de una banda de salteadores.

Con inigualada rapidez, el prior y sus curas fueron atados por algunos de los hombres de Robin, mientras el resto de la partida se dedicaba a la revisión del monasteril equipaje.

—Es un hombre juicioso este buen prior —comentó alegremente Scarlett —; si le hubiéramos dicho cuáles eran nuestras necesidades más inmediatas no nos habría servido mejor.

—A ver tú, bribón encapuchado — gritó de mal talante el prior —, ¿cómo te atreves a robar a la Iglesia?

—¿De modo, querido prior — le contestó Robin con sorna —, que solamente los ricos y los que gobiernan la Iglesia tienen derecho a quedarse con lo ajeno? ¿Por qué no he de poder hacerlo yo como lo hacéis vosotros?

”Ahora — añadió — os ataré sobre vuestras mulas, y con una mano libre para conducirlas os dejaré marchar para donde os dé la gana, que eso a mí me tiene sin cuidado; y adonde lleguéis podréis contar que Robin el encapuchado ha comenzado a gobernar en la selva de Sherwood, declarando, como primera medida, la guerra al opresor del pobre."

Mientras el prior y sus curas retomaban el camino de Newark, Robin y sus secuaces se internaban en el bosque en busca de su refugio, llevándose el rico botín que acababan de cobrar. Fue desde ese momento que el gran proscripto empezó a ser conocido y llamado Robin "Hood" [1].

Internados en lo más recóndito de aquella impenetrable maraña, pasaron nuestros amigos algunos días sin tener noticias de lo que ocurría en el mundo exterior, por lo que Robin decidió salir a buscarlas. Con dos o tres de los suyos se dirigió al camino que unía la villa de Mansfield con la ciudad de Nottingham, donde desmontó en espera de los acontecimientos.

Estos no tardaron en presentarse en la persona de un alfarero, que se dirigía a la última de las villas nombradas a vender sus manufacturas: jarrones, platos, potes y vasos de loza, en un carro lleno de ellas.

[1] "Hood", en inglés, quiere decir "capucha" o capuchón. Por extensión, es también "caperucita". (Nota del traductor.)

—Buenos días, alfarero — le dijo Robin cruzando su caballo en mitad del camino.

—Buenos días — le contestó el hombre —, pero sal del camino, pues me veré obligado a pasar por sobre ti.

—No tan aprisa, buen hombre — dijo Robin, levantando un poco el tono —; en vez de pasar por sobre mí, como amenazas, te invito a que me cedas el carro y los cacharros por un día; quiero sentirme alfarero y ver en Nottingham cómo anda el mundo.

Tuvo el pobre hombre cierta veleidosa intención de resistir, pero pronto desistió, al ver asomar por entre los árboles las caras de Scarlett y otro de los hombres de Robin; se dió, entonces, por víctima de un asalto, y se lamentó, lloroso:

—Bueno, heme aquí completamente arruinado para toda mi vida. Tomadlo todo y dejadme marchar.

—No — lo tranquilizó Robin —, no serás perjudicado. Te pagaré toda la mercancía que llevas al precio que pensabas obtener por ella en Nottingham, añadiéndole dos monedas de oro por el carro, el caballo y los arneses, que, Dios mediante, pienso devolverte. Tú te quedarás aquí con mi gente y me darás tu ropa sucia de arcilla, lo que me ayudará a hacer bien el papel de alfarero, impidiendo ser reconocido como Robin Hood.

—¡Robin! ¡Robin Hood! — gritó más que dijo, el hombre —. ¿El mismo que con una banda de cincuenta bribones despojó al prior de Newark de todo lo que llevaba?

—Cincuenta — dijo Robin, hablando consigo mismo —; cincuenta que serán cien en cuanto el prior narre la aventura un par de veces más. ¡Pero basta ya de charla! — añadió —, y dame tus ropas, el carro y el caballo. Te aseguro que saldrás ganando.

Contento el mercader por el buen precio obtenido por su loza, y más contento aun por la posesión de las dos monedas de oro, que le permitirían comprar un carro nuevo y un caballo de menos años que el que tenía, se unió a los hombres de Robin. Este, por su parte, pronto estuvo cerca de Nottingham.

Llegado a la ciudad, nuestro hombre se detuvo en el mercado y puso la mercancía en venta a precios bajísimos, con el fin de deshacerse rápidamente de ella. Así fue, y a los pocos minutos había terminado ya con todo, menos con una docena de piezas de la mejor calidad, que expresamente se reservó con la arriesgada intención que ya veremos.

Frente mismo a la plaza del mercado hallábase la residencia de Roberto de Rainault, sheriff de la ciudad de Nottingham y hermano de Hugo de Rainault, abad de Santa María.

Aparentemente liquidada toda la existencia de loza, el falso alfarero se dirigió a la casa del sheriff y llamó a la puerta. Apareció una criada, a la que hizo entrega de una canasta conteniendo las piezas de loza que se había reservado, diciéndole:

—Hazme el favor de dar de regalo esto a tu ama por haber estado vendiendo mis cosas frente a su puerta, en el mercado. Soy un alfarero de Mansfield.

Y sin esperar respuesta cruzó la calle y se sentó en el carro.

Aunque algo extrañada, la criada cumplió rápidamente con el encargo y pronto regresó.

—Buen hombre — díjole desde la puerta al alfarero, haciéndole señas para que se acercara —, dice mi ama que tu loza es la más linda que ha visto en su vida y que piezas así le estaban haciendo falta. Para agradecértelo como es debido quiere que hoy comas en su casa.

—¡Oh! De muy buena gana; sobre todo si la cerveza es buena y la comida abundante...

Sin hesitar, Robin siguió a la criada y penetró en la casa de Rainault, sabiendo que si era descubierto sería ahorcado inmediatamente. Tomó asiento a la mesa de los hombres del sheriff, mientras éste, con su esposa y algunos invitados, conversaban, sentados en sendos sillones, a la mesa familiar. Era, precisamente, lo que Robin quería.

—Cuarenta monedas de oro — decía el sheriff en alta voz —. Y he mandado que hoy se pregone por toda la ciudad.

—¡Cuarenta monedas de oro! — comentó, en tono admirativo, uno de los comensales —. ¡Mucho dinero es por la cabeza de un hombre!

—¡Es que se trata de un sujeto peligroso! — explicó el sheriff —. Mató a siete de los hombres de Guy de Gisborne, que estaban bien armados, e hizo a Gisborne mismo objeto de una burla sangrienta. Además, al mando de una banda de unos setenta forajidos, días pasados asaltó al prior de Newark, quitándole todo cuanto llevaba . . .

"Está bien — comentó Robin para sus adentros —; hasta esta mañana eran cincuenta y ahora han aumentado a setenta . . . "

—¿Habrá posibilidad de que ésos hombres lleguen a Nottingham? — preguntó la esposa del sheriff.

—Déjalos que vengan — la tranquilizó su marido —. Yo los capturaré con mis propias manos y te daré a ti las cuarenta monedas de oro de la recompensa ofrecida, para vestidos.

"Ya lo quisieras", pensó para sí nuestro Robin.

—Dentro de pocos días — continuó el sheriff — la cabeza de ese bandido será paseada por las calles de Nottingham como la de un lobo feroz. Quiero que todas las tierras y los caminos de este condado estén limpios de malhechores.

Terminada la comida, Robin se levantó de la mesa y, dirigiéndose al sheriff con paso firme, le dijo, segura la voz al hallarse frente a él:

—Gracias, lord sheriff, por haberme dado de comer. ¿Puedo volver a mi trabajo?

—¿Quién eres tú, bellaco, y cuál es tu trabajo?

Sin hacer caso de la pregunta del sheriff, Robin miró a la mujer de éste y le dijo:

—Espero que mis piezas de loza os hayan gustado, noble dama.

—¡Ah! — interrumpió Rainault —. ¡Este hombre es nuestro alfarero! Sí, los platos y las fuentes nos han gustado mucho, y espero que hayas comido bien en mi casa . . . ¿Adónde vas ahora? — preguntó.

—Regreso a mi pueblo de Mansfield, donde vivo y tengo mi taller; seguiré fabricando cacharros, pues hoy he vendido todos los que tenía frente a esta casa, en el mercado.

—Bien, cuídate en el camino, pues anda suelta

por ahí una fiera, a la que Guy de Gisborne está en estos momentos tratando de dar caza, si es que salió ya para ello, como se lo ordené. Sabrás que daré una recompensa de cuarenta monedas de oro al que me traiga su cabeza...

—Yo soy hombre de paz y de trabajo, sheriff — le respondió humildemente Robin —, pero si en el camino llego a saber algo, traeré en seguida la noticia. Adiós, sheriff, y otra vez muchas gracias —. Y, recorriendo con la mirada el amplio salón, terminó, dirigiéndose a todos los presentes: — Pasadlo bien todos; adiós.

—Que tengas buen viaje, buen hombre, gracias por tu regalo — dijo, despidiéndolo, la mujer del sheriff.

Robin hizo una reverencia y salió hacia la calle.

IV

salió de Nottingham Robin Hood con el convencimiento de que debía internar a sus hombres más aún en las reconditeces de la selva de Sherwood, desde que era cierto que Guy de Gisborne había comenzado su búsqueda. Debía precaverse también contra algún posible "francotirador", ansioso de cobrar la recompensa ofrecida por su cabeza, cifra fabulosa para aquellos tiempos.

A pesar de los peligros que preveía, marchaba silbando alegremente al encuentro de su gente, pues habiendo abandonado tan prematuramente su chacra, después de la batalla con Gisborne, había puesto muchas horas entre él y sus perseguidores. Tenía tiempo, entonces, para buscar con calma un refugio mejor que el elegido en el primer momento.

Llegado al sitio donde había dejado a sus hombres con el alfarero, narró a aquéllos su aventura y devolvió al comerciante las ropas, el carro y el caballo, con lo que se ganó las bendiciones del pobre hombre, que había realizado, sin el menor esfuerzo, un pingüe negocio.

Robin Hood se había proporcionado un pequeño placer en su visita a Nottingham, a la vez que se había informado de lo que se decía de él en las esferas de los poderosos. Ahora, despedido el alfarero, ordenó a su gente que regresara al refugio de la espesura, y él, tomando las armas de que había despojado a Guy de Gisborne, se acercó con el mayor sigilo a las inmediaciones de su antigua chacra, deseoso de ver qué pasaba en ella.

Con un cierto sentimiento de tristeza alcanzó a ver cómo los secuaces de Gisborne y los criados de la Abadía se disponían a preparar la tierra para la siembra de la cebada que él había pensado cosechar allí . . . El verano se acercaba rápidamente, y algunos brotes se veían ya en las puntas verdes de las ramas . . .

Pero él ya nunca podría volver a esas queridas tierras de Locksley; su cabeza tenía un precio, y la guerra con el padre Hugo y los barones había sido declarada a muerte. Tomó, orientándose entre las breñas y los pantanos como sólo él podía hacerlo, el camino de su refugio, y fue a reunirse con sus amigos.

En este trayecto debía cruzar un torrente por sobre el tronco de un árbol que hacía las veces de puente, colocado allí por la naturaleza hecha casualidad.

Al acercarse al improvisado puente, Robin vió a un hombre de gran estatura, casi un gigante, que se dirigía a la otra cabecera con el fin de recorrerlo, para atravesar el río en sentido contrario al suyo. Apuró entonces el paso para ganarle el tirón al gigante, pues por el tronco no podían pasar al mismo tiempo dos personas, y vió que el otro hacía lo mismo.

Al mismo tiempo pusieron ambos un pie en cada extremo del puente, como tomando posesión de él. El hombre aquél no llevaba más arma que un pesado garrote de roble, pero su corpulencia igualaba cualquier ventaja que pudieran tener sus eventuales contrincantes...

Pero la osadía de Robin no reconocía límites, y, a pesar de que el hombre daba muestras de estar decidido a ser el primero en cruzar el riacho, no se retiró del sitio en que se había detenido.

—Vete de ahí, pequeño — lo increpó el gigantón —, si no quieres que te zambulla en el río ...

—¡Ni lo pienso! — lo retó Robin —. ¡Sal tú del puente o el del chapuzón no seré yo!

El gigante agitó el bastón a menos de un pie

de las narices de Robin, gritándole:

—¡Vuélvete, te digo, si no quieres que te hunda el cráneo!

Al tiempo que esto decía el hombretón, sacudía enérgicamente su garrote, haciendo terribles molinetes, movimientos que aprovechó nuestro héroe para armar su peligroso arco. Apercibido esto por el gigante, le advirtió:

—¡Atrévete a estirar la cuerda y serás hombre muerto de un solo garrotazo!

—¡Tonto! — le respondió Robin —. ¡Mi flecha te atravesará el corazón antes de que tu palo llegue a tocarme!

En un gesto de gallardía inesperada en un hombre del aspecto del enemigo que Robin se acababa de echar, arrojó éste su garrote al suelo y, mirando fijamente a nuestro amigo, le dijo:

—Ahora hay un cobarde que me está mirando desarmado. Si yo tuviese un arco y una flecha, podría enseñarte cómo se mata a un hombre.

—Y si yo tuviera un garrote como el que acabas de tirar, yo te enseñaría muchas más cosas que las que puedas tú enseñarme en el tiro de arco — le contestó Robin en el mismo tono insolente que había usado el otro.

—Bueno — dijo el gigante —, igualemos fuerzas, y como no podemos improvisar un arco y una flecha, ve y corta un palo como el mío, que en el bosque hay muchos. Yo te esperaré aquí y pelearemos sobre el puente. El que antes arroje al otro en el río, tendrá derecho a pasar primero.

—Veo que eres un luchador leal y de los que a mí me gustan. Aquí, en mi sitio, dejo mi arco, y tú, espérame . . . — alardeó Robin, poniendo su arco y las flechas en el suelo, justamente en el lugar que antes ocupaban sus pies, como queriendo significar que quedaba ahí su propia persona.

Y con toda calma se dirigió hacia uno de los corpulentos árboles que poblaban el bosque, mientras el gigante se sentaba sobre el tronco que servía de puente, con un gesto tranquilo, que auguraba mal para la suerte de nuestro amigo.

Este halló pronto una gruesa rama, que con su cuchillo de monte libró de hojas y brotes, obteniendo un garrote tan duro y eficaz como el de su rival. Con él regresó al puente y con más valentía que capacidad frente a enemigo tan fuerte, se dispuso a la lucha.

Con movimientos lentos al principio, tratando cada uno de conocer a su adversario, comenzó la pelea, que prometía ser brutal y encarnizada.

Y así lo fue, en efecto. El primero en recibir un golpe rudo fue Robin, que sintió como si se le reventara una oreja, y trastabilló. Mas pronto se repuso, y con el ánimo enardecido por el golpe llevó su acometividad hasta hacer retroceder varios pasos a su enemigo. La fuerza de éste era incontrarrestable, y Robin se veía obligado a un continuo y veloz movimiento de sus ágiles piernas, para no ser alcanzado de nuevo por el terrible garrote del gigante.

Saltando de un lado para otro, por momentos pudo desorientarlo, y aprovechando los blancos que la guardia del rival dejaba por esa circunstancia, le asestaba en los flancos del enorme cuerpo rápidos y fuertes golpes, que poco a poco fueron minando la resistencia del gigante.

Pero, desgraciadamente para Robin, uno de los feroces mandobles del contrincante dió con él en el torrente, en cuyas aguas casi se ahoga, cuando se abrieron para recibirlo, completamente mareado. Pero pudo más su juventud y su fortaleza, y a los pocos segundos se hallaba nadando, salvada, por lo menos, la vida.

Próximo al tronco, Robin trató de asirse a él para salir del agua. El gigante, que lo había vencido, se agachó para darle una mano, riéndose a carcajadas.

—¡Por Cristo, que ha sido una linda pelea! Un programa así me gustaría para todos los días, pero los hombres bravos como tú, con los que vale la pena medirse, son escasos — comentaba, al tiempo que ayudaba a Robin a izarse hasta el tronco. Una vez fuera del agua, el sajón y el gigante se dieron un fuerte apretón de manos, a fuer de buenos deportistas.

—Algún día tendremos un encuentro al arco — añadió, a guisa de invitación.

—Encantado — respondió Robin —. Y para hallarte más adelante, o preguntar por ti en alguna parte, dime cómo te llamas.

—Me llamo como todo un pueblo. Mi nombre es Juan de Mansfield, porque vengo de esa villa.

—¿Y qué hacías en este bosque?

—Esconderme. Yo era uno de los hombres de Ralph de Mansfield, y un día, por haberme levantado más tarde que de costumbre, aquél me mandó dar cuarenta azotes, pero yo le arranqué de las manos el látigo al compañero que iba a hacer de verdugo y le di a él los latigazos que me estaban destinados.

—¡Ajá! ¡Conque anda por ahí otro Guy de Gisborne!

—Es tan amable uno como otro. En casa de Mansfield se dice que un tipo llamado Robin le dió, días pasados, una paliza al tal Gisborne y lo mandó a su casa atado sobre el caballo y montado mirando para atrás, y que luego escapó a la selva sin que lo hayan atrapado todavía.

—¿Ellos dicen eso? — preguntó Robin, sonriendo, pleno de satisfacción.

—Sí, lo cuentan a cada rato. Además, cuentan que el mismo Robin despojó, después de lo de Gisborne, al opulento prior de la Abadía de Newark de todo lo que llevaba, en el camino de Nottingham. Es un hombre hecho y derecho el tal Robin. De buena gana me uniría a él, pidiéndole que me contara entre los suyos; porque mira, arquero, un hombre solo, por mucho que sea fuerte y buen peleador, poco tiene que hacer en estas selvas. El día que lo encuentren los esbirros de alguno de esos señores ladrones, está perdido.

—Ni una palabra más. Pon tu mano en la mía y estréchala fuerte, considerándote, desde este momento, en la banda de Robin Hood. ¡Ese soy yo!

Juan no salía de su asombro.

—¿Tú — decía —, tú eres Robin Hood?

—Sí, hombre, sí. Dame la mano, no titubees y vente a mi "fortaleza", donde todavía habrá un barril del buen vino del prior de Newark, que beberemos con mi gente; esos bravos muchachos que pronto serán tus mejores amigos. Creo que uno de ellos, mi primer hombre, Will Scarlett, cazó ayer un jabalí de deliciosa carne, de la que un buen trozo no te vendrá mal.

—Eso me decide a ser de los tuyos. Buen vino

y comida hacen de mí un hombre de lo mejor.

—Falta nos hará, si es cierto, como me he informado, que Gisborne ha salido a recorrer la selva en nuestra busca. Y ahora, pongámonos en marcha, pequeño Juan de Mansfield, pues son muchas las millas que deberemos recorrer hasta llegar al sitio en que se oculta mi banda. Cuando estemos allá, estoy seguro que al verte tan grande mis amigos te llamarán "el pequeño Juan" y te darán de comer por tres...

Llegados al refugio de su banda, Robin contó, sin omitir detalle, su pelea con el nuevo amigo, y cómo fué vencido por éste y sacado del río con esa bonhomía que le era característica y que le granjeaba el cariño de todos los humildes.

El nuevo secuaz fué bien acogido por los nueve hombres de Robin, que lo interiorizaron de los fines de esta *sui generis* asociación, como del reglamento que habían jurado obedecer. A su vez, Juan prestó el mismo juramento y quedó incorporado a la banda, que, andando el tiempo, y a medida que fué creciendo la fama de justiciera al difundirse sus hazañas, iría aumentando el número, llegando a ser tan fuerte que casi tuvo en jaque al propio poder real...

V

EL PRIMER INTENTO
DE GUY DE GISBORNE

A mitad del camino que en tiempos de Robin Hood iba de Ollerton a Worksop, hallábase la Abadía de Santa María, donde el padre Hugo de Rainault era dueño y señor.

Un poco más al norte de este lugar, y en una altura desde la que se dominaba gran parte del país, se levantaba el castillo de Bellame, cuyo amo, Isambart de Bellame, aterrorizaba a las gentes de sus tierras con sus exacciones y crueldades hasta el punto de que fuera del condado de Worcester se decía que aquellas tierras estaban malditas.

Entre ambos señores, el abad y el barón, por un tácito y antiguo acuerdo, se habían dividido el país, usufructuando el padre Hugo del sudeste del condado, con las tierras adyacentes a la Abadía, y disponiendo Bellame del resto hasta la frontera de Yorkshire, más algunos beneficios de la Iglesia a cambio de la ayuda militar cuando ésta la necesitase.

El padre de Isambart era quien había levantado el hermoso castillo. La fama de crueldad del hijo no cedía a la bien ganada del padre, cuyas depredaciones y crímenes habían hecho que se conociera su casa como "la fortaleza de los villanos" — Evil Hold —, nombre que aún conservaba en los tiempos de esta historia.

Hugo de Rainault e Isambart, de esta manera asociados, o mejor dicho, cómplices en toda clase de delitos contra la propiedad y la vida de los infelices que se aventurasen a transitar por los caminos de sus pertenencias sin pagar un tributo en dinero o en trabajo, o contra los vecinos menos fuertes, se compenetraban maravillosamente; eran tal para cual. Necesitaba uno de la fuerza espiritual de la Iglesia para cubrir muchas de sus fechorías y el otro de la fuerza militar de Isambart para cuando de hechos de armas se tratara.

Y había llegado una de las oportunidades en que el mal sacerdote necesitó del barón.

A éste y al administrador de todos los bienes de la Abadía, Guy de Gisborne, reunió Hugo, con el fin de establecer un plan tendiente a terminar con Robin Hood, en un confortable salón de la Abadía.

Nada más distinto físicamente que estos tres individuos tan parecidos en lo moral.

El sacerdote Hugo de Rainault era gordo y corpulento; siempre hablaba con vehemencia en un francés muy rico en palabras del dialecto normando, aunque cuando quería se expedía perfectamente en sajón; el otro personaje, nuevo para nosotros, Isambart de Bellame, era delgado, alto, extremadamente feo y con una enorme nariz de pico de halcón, que salía desafiante de entre un par de ojos muy crueles. El tercer componente del triste triunvirato, Guy de Gisborne, ya conocido desde el principio de esta historia, era un tipo de alta talla y regular corpulencia, armoniosa arquitectura y empaque de guerrero.

En el momento que narramos, tiene la palabra el padre Hugo, y como si estos asuntos no estuvieran ya en boca de todos, contaba a sus asociados las fechorías que por los caminos andaba cometiendo el bribón que se hacía llamar Robin Hood, añadiéndole algunas de su cosecha para hacer más temible al personaje, y las que la fantasía popular — ya en funciones — había creado.

—Es lo que pasa siempre — decía el sacerdote —; a un esclavo que se fuga no se le persigue hasta dar con él, se interna en los bosques, se une a otros proscriptos, se dan un jefe y terminan formando una banda de malhechores contra la que es difícil luchar . . . Bien, yo tengo al servicio de la Abadía unos cuantos hombres de armas . . .

—Cinco o seis menos de los que teníais antes de que Guy tratara de apoderarse de ese maldito Robin de Locksley — interrumpió con cierto aire de sorna el barón Isambart.

—Sí, es verdad — convino el abad —, y veis que son bien pocos. Ahora bien, Guy conoce el sitio donde es probable, casi seguro, que ese bandido haya establecido su refugio en la selva de Sherwood, de modo que con unos treinta hombres bien armados que vos me deis, agregados a los míos, le será fácil cercarlo y apoderarse de él o destruirlo, antes de que se torne demasiado peligroso para nosotros.

—¿Y qué beneficio obtendré yo por esos treinta hombres que me pedís? — preguntó Isambart.

—El honor de haber prestado un servicio a la Santa Iglesia cuando necesita ayuda.

Isambart sonrió socarronamente y dijo:

—Una recompensa bastante pobre, por cierto . . . No, os voy a proponer una transacción: desde que murió mi pobre esposa me hallo muy solo en mi castillo de Bellame y necesito una mujer que lo anime y me acompañe; yo os daré esos treinta hombres que Gisborne necesita, a cambio de que me cedáis en matrimonio a vuestra pupila Mariana, que se halla viviendo bajo la protección de las monjas de Kirkless.

—¡Oh, oh! — exclamó el padre Hugo —. ¡Eso es mucho pedir! . . .

—Sí, quizá sea mucho pedir; y ya sé que la habíais destinado a monja, con lo que añadiríais sus grandes extensiones de tierras a las vuestras . . . Sí, ya sé que la recompensa es grande, pero Mariana es una hermosa niña que vendría de perlas como reina y señora de mi castillo. Y sé también que, a pesar de que sois dueño de hacer lo que os plazca, no debéis olvidaros de que, pasando el tiempo, aumenta el peligro que corréis de aparecer una mañana colgado de una almena de la Abadía en llamas . . .

—¡Acepto! — transó el enérgico y decidido sacerdote.

—Pues obráis cuerdamente, y para puntualizar este convenio diremos que queda estipulado así: yo os daré treinta de mis mejores hombres bien armados, a los que vos enviaréis bajo el mando de Guy de Gisborne aquí presente y testigo, en busca de Robin Hood y su banda; a cambio de ello, vos me daréis por esposa a vuestra pupila Mariana, dé caza o no Gisborne al bandido, y a la cual me enviaréis a Bellame, escoltada por el propio Gisborne, cuando yo tenga todo listo para la boda. ¿Entendido?

—Así es, y trato hecho — afirmó solemnemente Hugo de Rainault.

Esta conversación se desarrollaba el mismo día en que Robin se dedicaba a vender loza en el mercado de Nottingham . . .

* * *

Tres días después, Isambart de Bellame cumplía su compromiso.

Treinta hombres fornidos y pertrechados hasta la exageración se presentaban a Guy, quien sin pérdida de tiempo, los unía a los suyos y partía hacia las entrañas de la selva de Sherwood, llevando provisiones para varios días.

En esa época de supersticiones y leyendas, en que hombres, mujeres y niños creían por igual en toda clase de patrañas, desde los cuentos de hadas hasta las historias de dragones que hablan, la selva donde Robin y sus amigos se habían refugiado era varias veces más extensa de lo que es hoy día, y su solo nombre infundía cierto temor extraño a los campesinos y demás gente sencilla, para los que su espesura se hallaba poblada de inefables espíritus y seres extrahumanos y funambulescos.

Contribuía a darle fama de lugar infernal su infranqueable frondosidad y los más caprichosos accidentes tectónicos de su suelo, como enormes cuevas y cobijaduras, que en su interior abundaban. La fantasía había hecho el resto . . .

El afán vigilante de Robin lo llevaba casi a diario hasta las cercanías de la granja de Guy, para estar al corriente de los movimientos de su enemigo.

Esa mañana, y después de saber que el mayordomo de Rainault saldría pronto en su busca, no le extrañó un inusitado ir y venir que, desde un bien elegido escondite, presenció entre los hombres de Guy, cuyo número comprobó que había aumentado considerablemente.

Vió cómo el mayordomo se ponía al frente de una tropa bien equipada y cómo tomaba el camino que conducía a una de las entradas de la selva de Sherwood. Pensó entonces en darle un poco de trabajo y divertir a sus muchachos . . .

Estos habían crecido en número, pues eran ahora más de treinta hombres fuertes y decididos, con los que le sería fácil vencer a los mercenarios de Gisborne, que apenas podían marchar, debido al exceso de impedimenta que representaban las pesadas armaduras y las provisiones.

Rápido regresó hacia los suyos, y en compañía de Juan "el pequeño" siguió el rastro de las fuerzas del normando. Vió el sitio por donde éstas habían penetrado en la selva, y, tomando un atajo, se les adelantó. Llegado a cierta parte, de donde arrancaba un sendero, preparó la maleza en forma que pareciera un camino frecuentemente transitado. Su objeto era llevar a Guy y sus hombres a determinado lugar. Hecho el trabajo, se ocultó.

Pocos minutos habían pasado cuando vió aparecer la patrulla con Guy a la cabeza y tomar el sendero o vereda por él deseado. Llegada la tropa a un pequeño claro, vió Guy una flecha en el suelo y mandó que la recogieran. Al disponerse a hacerlo uno de sus hombres, una voz de ultratumba surgió de las tenebrosidades de la selva, gritando con imperiosa voz de mando:

—¡Deja esa flecha! ¡Deja esa flecha! ¡Los muertos como tú no necesitan armas!

El soldado retrocedió espantado como si la flecha hubiese sido una serpiente y la voz proviniese de uno de esos malos espíritus de que hablaban las viejas . . .

—¡Levántala, hombre! — gritó Guy —. ¿Es que te asustas de una voz?

El hombre se agachó nuevamente, pero otra vez, como movido por un resorte, se enderezó, pues la voz misteriosa se dejó oír de nuevo.

—¡Deja esa flecha! — gritaba —. ¡Tocarla significa la muerte!

—Señor — balbuceó el infeliz dirigiéndose a Guy —, señor, no me atrevo . . .

—Eres un loco ignorante — dijo Gisborne —. Deja, que lo haré yo. ¡Tenme el caballo!

Al levantar la pierna por encima del anca del animal para bajarse, un flechazo, que nadie alcanzó a ver de dónde había partido, dió tan reciamente contra el peto de su armadura que, debido a la mala posición que en ese instante tenía, lo arrojó al suelo.

Trató de levantarse haciendo un esfuerzo mientras daba voces para que lo ayudaran; mas era inútil: su gente huía despavorida hacia los lindes del bosque, pues la flecha que acababa de dar contra él se estaba moviendo sola...

Gisborne la recogió y vió que, atado a un extremo, tenía un fino, casi invisible cordón de lino, cuya otra punta se perdía en las profundidades de la selva. Sin hesitar, se apoderó fuertemente del cordón, al tiempo que gritaba a sus hombres:

—¡Volveos, cobardes! ¡Esto no es sino una trampa y al final de este cordón hay un malandrín que apresaremos!

En esta esperanza corrió todo lo ligero que se lo permitía la pesada armadura hacia el otro extremo del cordón, sin darse cuenta de que Robin — pues ya se habrán percatado nuestros lectores que el autor de la broma no podía ser otro más que él — ya habíalo abandonado para ponerse a buen recaudo.

Algunos de los soldados de Guy reaccionaron y volvieron junto a su jefe. Con las explicaciones de éste se dieron cuenta de la situación y se desparramaron, de a uno y a pie, en busca del autor de la jugarreta.

Pero entonces comenzó a resonar por todos los ámbitos del bosque una terrorífica carcajada que los perseguía por doquier, poniéndoles los pelos de punta; hasta el bravo Gisborne experimentó un ligero estremecimiento de terror . . .

—¡Son las ánimas del bosque! — decían los más temerosos —. ¡Ahora seremos conducidos a sus moradas, describiendo círculos, y moriremos de inanición, porque una vez que un espíritu se ha apoderado de un hombre, éste ya no se le escapa!

—¡Silencio, locos! — les gritó Guy —. ¡Qué ánimas ni qué diablos! Son esos bribones proscriptos que se están divirtiendo a costa nuestra. ¡Seguidme, que yo pondré fin a sus bromitas!

La tropa se reunió nuevamente, menos dos de sus componentes, que al iniciarse el primer desbande no se detuvieron hasta llegar a la Abadía, donde contaron que sus compañeros y Guy de Gisborne habían sido hechizados y absorbidos por los espíritus hacia las profundidades de la selva de Sherwood . . .

Pero Guy consiguió levantar el ánimo de sus hombres y con ellos siguió las huellas como pudo.

Pronto llegaron a un lugar donde el camino se estrechaba de golpe y en tal forma que ni de a uno en fondo podían marchar cómodamente. Cuando el último de los hombres de la comitiva se movía para entrar en el estrecho sendero, un lazo que cayó de entre los árboles lo aprisionó por el cuello, izándolo con increíble facilidad, pero no sin que el desventurado tuviera tiempo de lanzar un alarido de terror.

Diéronse vuelta sus compañeros y vieron cómo se balanceaba su cuerpo en medio de la obscuridad de la fronda. El más próximo a él corrió, y de un solo tajo cortó la soga que ahorcaba al infeliz, que cayó en sus brazos sin poder articular una palabra por el momento.

—Suba uno a ese árbol — ordenó Guy una vez enterado del asunto — y que me traiga al villano que tiró el lazo; ¡pronto, antes de que huya!

No uno, sino varios de los compañeros del casi estrangulado treparon al árbol, seguros de que se apoderarían de una buena presa; pero el diablo había hecho de las suyas, y no hallaron más que una de las puntas de la cuerda, fuertemente atada a una gruesa rama.

Del causante, ni el menor rastro...

Daños personales, en realidad, ninguno de los hombres que componían la escuadra de Gisborne había sufrido hasta ese momento, exceptuando el apretón en el cuello que uno de ellos acababa de recibir, y del que rápidamente se repuso; pero todos deseaban salir de la horrible y peligrosa selva donde tantas cosas raras sucedían y donde un peligro los acechaba a cada paso.

* * *

A un cuarto de milla de ese lugar, Robin y sus muchachos comentaban alegremente las vicisitudes a que habían sometido a la gente de Gisborne y formaban nuevos programas de diversión a su costa.

—Ahora nos dirigiremos hacia el puente, pues el camino que han tomado los llevará a él. ¿Tienes todo listo, Will?

—Sí, todo está preparado, Robin — contestó Scarlett.

—Entonces, ¡en marcha!

Y la alegre banda de Robin llegó a un sitio donde corría un arroyuelo bastante caudaloso como tal, y que debía ser cruzado por Guy y los suyos, según el camino que llevaban.

Ese puente estaba construído de la manera más primitiva: unos cuantos troncos yuxtapuestos que se apoyaban, en cada cabecera, sobre dos pilares de roble apenas encajados en la tierra. A dichos pilares mandó atar Robin gruesas cuerdas, de las que sus hombres, convenientemente apostados, deberían tirar con fuerza, hasta arrancarlos de cuajo, cuando una oportuna orden les fuera dada.

Por ese puente iba a pasar la tropa de Gisborne . . .

Las cosas sucedieron a la medida de los deseos y previsiones de nuestro hombre.

Frente a una cabecera del traidor puente, Guy lo consideró suficientemente ancho y resistente como para aguantar el paso de todos juntos. Era precisamente lo que Robin quería.

Hombres y caballos chapalearon en el agua en cuanto una enérgica voz de ¡ahora! se oyó en el bosque. Los hombres que debían tirar de las cuerdas pusieron tal entusiasmo en ello, que no tardó un segundo en desmoronarse todo el puente, armándose tal caramillo de caballos, lanzas, flechas, hombres, armaduras y sacos que se abrían en el agua dejando escapar toda clase de provisiones de boca, que Robin, que a la otra orilla estaba con Scarlett y el "pequeño Juan", no podía, explicablemente, contener su hilaridad.

En medio del arroyo, empapado y cubierta de barro la reluciente armadura, hallábase Guy echando denuestos. Y uno de sus hombres, que no sabía nadar, fue arrastrado por la corriente.

—¡A ellos con vuestras armas, tontos y más que tontos! — vociferaba furioso, incitando a sus hombres —. ¡Ahí están los bandidos burlándose de nosotros y poniendo nuestras vidas en peligro!

—¡Detente, Gisborne — le dijo Robin —, estás rodeado por mis muchachos, y el primero de los tuyos que arme un arco, morirá! Hasta ahora — añadió — no hemos hecho más que jugar con vosotros, pero si insistes en permanecer en estos lugares con el triste designio que traes, nuestro juego adquirirá otro aspecto, ¡y no saldrá vivo uno solo de vosotros de esta selva de Sherwood!

—¿Volvernos? ¡Nunca! ¡Nunca, hasta que yo no te haya colgado de un árbol, bribón!

—Entonces, cuídate — advirtió Robin —. ¡Te daré de plazo hasta el anochecer para que salgas de la selva, y si la noche os sorprende aún en ella, se os volverá vuestra cámara mortuoria! Ya lo sabes.

—¡A él, a él! ¡Dadme un arco a mí, si no tiráis vosotros! — gritaba Guy como un energúmeno.

Pero antes de que del grupo que rodeaba a

Gisborne se disparara la primera flecha, ya no quedaba en la orilla nadie contra quién dirigirla...

* * *

Toda la selva quedó en silencio, y la tarde amenazaba con poblarla de horrores. A nadie se veía por entre la tupida maleza, pero Guy y su gente se sentían espiados y vigilados por muchos pares de ojos invisibles . . .

VI

EL TRISTE REGRESO
DE UN GUERRERO

A fuerza de energía, y echando mano de sus condiciones de mando, Guy de Gisborne pudo rehacer a su dispersa compañía. El hombre estaba furioso y se sentía ridiculizado.

—Esto ha sucedido por haberos asustado de una banda de locos que fugó en cuanto vió que íbamos a hacer uso de nuestras armas. Si no hubiera sido por eso, y de habérmelo yo propuesto, les hubiera dado caza. Pero ahora nos dedicaremos con ahinco a su persecución, y no les daremos tregua.

Algo reanimados, algunos de los hombres del normando se dispusieron a cruzar el arroyo e intentar la búsqueda de Robin Hood, pero éste y el grueso de sus compañeros estaban conversando animadamente, mientras comían y bebían a la salud del mayordomo y señor Guy, a no más de una milla del sitio que había resultado catastrófico para la dignidad del barón.

Durante toda la tarde, Guy de Gisborne y su gente e improvisando una pequeña arenga humana que pudiera revelarles el escondite del proscripto. Ya anochecido, reunió de nuevo a su gente, e improvisando una pequeña arenga tranquilizó un poco el ánimo de sus pusilánimes guerreros, después de lo cual los invitó a que comieran lo que habían podido salvar de las aguas del arroyo.

Cuando los vió en mejores condiciones de belicosidad, les dijo su plan:

—Como no hemos salido todavía de la selva, tenemos tiempo de dar caza a Robin y terminar con él. Es probable que, a pesar de sus fanfarronadas, haya abandonado el bosque, por temor a caer en nuestras manos.

De la cercana espesura salió una estridente carcajada, que resonó por todos los ámbitos del bosque en el silencio del atardecer; fue la respuesta a la bravata del normando. Sus hombres dispararon sus flechas hacia el sitio de donde más probablemente había salido la voz, buscando en seguida entre la alta maleza, pero sin hallar rastro humano alguno.

Los primeros en regresar junto a Guy traían como única presa un hermoso gallo azul.

—Sólo hemos encontrado esto — dijeron.

—¡Bah! — les repuso Guy desdeñosamente —,

vosotros estáis asustados como chicos miedosos. Y en realidad no sé de qué, ya que el único en recibir un daño irreparable no fue por obra ajena, sino por no saber nadar. Ahora haced aquí mismo una fogata grande, pues aquí pernoctaremos. Que quince de vosotros monten guardia con relevos cada seis horas — terminó perentoriamente.

La ruda jornada a que las energías de la compañía de Gisborne habían sido sometidas, y la tranquilidad de la numerosa guardia que velaba el sueño de los más hicieron que los del primer turno de descanso se durmieran en seguida.

Ya completamente cerrada la noche, y profundamente dormidos, comenzaron a oírse unos hondos gemidos que llegaban desde varias partes de la selva, que sobrecogieron de terror a los que montaban guardia y despertaron sobresaltados a los que dormían.

—¡Ahí están los duendes! — susurraban como electrizados —. ¡Ahora estamos perdidos!

—Mi abuela dice — explicaba uno — que en este lugar vive el dragón del "Lago Negro", y que se come a un hombre con la misma facilidad con que una golondrina se traga a un mosquito.

A los gemidos siguieron fuertes alaridos de terror, que terminaron en una carcajada diabólica que produjo una crisis nerviosa en la mayoría de los despavoridos soldados del normando. Muchos de ellos se arrodillaron y comenzaron a decir oraciones desesperadamente en alta voz. Aquello parecía el rezo del rosario a la hora de vísperas.

—Prometo donar dos altos candelabros para el altar de San Huberto si salgo vivo de ésta — decía uno de los más timoratos.

—¡Cierra el pico, idiota! — le gritó Guy —. ¡Son esos malditos que continúan riéndose de nosotros a causa de vuestra cobardía!

Pero la cosa había pasado, aunque no el pánico entre la tropa. El mismo Guy aparentó una tranquilidad que no era, precisamente, fiel reflejo de lo que pasaba en su ánimo, pues no las tenía todas consigo, y se echó a dormir tratando de que sus hombres lo imitaran.

Durante las horas que faltaban para el relevo de la guardia no aconteció nada anormal, después del susto que acabamos de narrar; pero apenas cambiado el lote del segundo turno, uno de los vigilantes despertó a Guy, tocándole en un hombro, al tiempo que le decía, señalándole un punto de la negra selva:

—Señor, señor, mirad ahí, entre los árboles, en esa dirección . . .

Guy se incorporó, y fijando atenta mirada en

el sitio indicado, distinguió claramente, por entre los árboles, la luz de una hoguera. Entonces se puso de pie, diciendo:

—Ahora sí creo firmemente que lo atraparemos, porque ése debe ser el fuego en torno al cual Robin y sus hombres duermen en este momento, creyéndonos atemorizados para iniciar nada contra ellos. Levanta a toda la compañía en el mayor silencio, y que me sigan, para sorprenderlos.

En un santiamén, y sin hacer el menor ruido, toda la gente del normando estuvo echada de bruces en el suelo, arrastrándose detrás de su amo, en dirección de la fogata. Guy hizo correr la voz entre los suyos de que la única señal de ataque sería el momento en que él enarbolaría su garrote, pues para no despertar a los durmientes de Robin no daría órdenes de viva voz. Desgraciadamente, la oscuridad no permitía el uso del arco.

El "avance hacia la victoria" se hizo de acuerdo a lo dispuesto por Guy a las mil maravillas.

Cuando el jefe normando llegó al claro, alcanzó a divisar perfectamente a varios de los secuaces de su mala sombra echados por tierra, entregados al sueño más profundo. Uno de ellos, sin embargo, vigilaba, paseándose de arriba abajo. Pero eso no era obstáculo, porque poniéndolo el primero fuera de combate, de un buen estacazo, lo demás era tarea fácil.

Guy de Gisborne fue el primero en saltar hacia el grueso de los bultos que yacían por tierra, enarbolando enérgicamente su bastón, para que sus hombres lo vieran y lo siguieran en el ataque. Pocos metros debían hacer a la carrera para no darles tiempo ni a que se levantaran del suelo; pero empezar a correr Guy con su gente pisándole los talones y empezar a caer uno sobre otro con las piernas enredadas en alambres, fue todo uno. Y ahí se produjo una descomunal batahola, pues llegó a tal punto la desorientación de aquella gente, ya escamada, que se daban de palos entre sí, tomándose por enemigos, los que habían podido mantenerse en pie, y dándose puñetazos y toda clase de golpes los que caían, creyendo que se les venían encima los hombres de Robin...

Los hombres de Robin no existían, por lo menos en ese lugar, pues los bultos que dormían no eran más que montones de trapos y ramas que simulaban ser los temibles arqueros del proscripto. En cambio, muy cerca, sí, estaban tan cerca, que cuando empezaron a caer los atacantes, una lluvia de garrotazos descendió sobre ellos, siendo el blanco elegido por Robin, para su particular solaz, el cuerpo fornido del propio señor de Gisborne, hasta dejarlo sin sentido. Y así, los compañeros del amo de la selva también se dieron el gusto, poniendo fuera de combate a toda la banda del normando.

Terminada la grata faena, dijo Robin a los suyos:

—Bien, muchachos, lindo trabajo. Ahora Scarlett, tú y Much cuidaréis de estos tipos. Al primero que quiera levantarse del suelo, volvedlo a acostar de un buen golpe en la cabeza. Vosotros venid conmigo — continuó dirigiéndose al resto de sus hombres — al sitio en que estos perros estaban acampados.

Su idea era ver si allí habían quedado algunos enemigos, a los que pensaba sorprender para terminar con toda la banda. Efectivamente, dos o tres hombres había dejado Guy en el sitio para cuidar de los enseres, armas y provisiones. No hubo necesidad de lucha. Ante la superioridad numérica, los infelices se entregaron con armas y bagajes. Regresó Robin triunfante donde estaban los suyos, a los que ordenó que pusieran todo el armamento de los enemigos en lugar seguro, y que tuvieran especial cuidado con las armas de Guy, porque a él le iban a hacer falta en determinado momento. También hizo que se les despojara de la ropa, dejándolos con las camisas solamente . . .

Era un real castigo del destino la figura ridícula que presentaban estos hombres de guerra, acostumbrados a llevarse por delante a todo el mundo, vestidos con sólo sus camisas y con las manos atadas a la espalda.

Robin recogió su arco y se dirigió donde se hallaba Guy de Gisborne.

—Mayordomo — le dijo —, si tú te hallaras en mi lugar, nos colgarías, uno por uno, de los árboles más altos. Pero yo no lo haré. Me conformo con demostrarte a ti y al padre Hugo quién es el verdadero amo en Sherwood. Y óyeme bien esto — añadió, insistiendo en un tuteo que debía ser desagradable al orgulloso normando —: si ese sacerdote te vuelve a mandar contra mí, yo saldré de la selva para ir a incendiarle a él la Abadía y a ti tu granja en vuestras propias narices.

Más o menos una hora antes del amanecer, una triste caravana de unos cuarenta y cinco hombres salía del bosque de Sherwood, con los descalzos pies sangrando, casi desnudos y con las manos atadas a la espalda, con más aspecto de condenados a galera que de componentes de una expedición punitiva, como quiso ser al constituirse . . .

Algunos de ellos acompañaron a Guy a su granja; otros fueron a la Abadía de Santa María, y el resto, o mejor dicho los más, se dirigió al castillo de Bellame, a contarle a su señor la clase de hombre que era ese Robin Hood que se había adueñado de la selva.

Esos soldados difundieron el furor que se apoderó del padre Hugo al conocer el desastre del pequeño ejército que Bellame le había prestado; contaron también que este último había maldecido y echado denuestos y blasfemias hasta quedarse ronco, mientras Guy de Gisborne, prudentemente y con el pretexto de curarse inexistentes heridas, se quedaba quietecito en su granja, esperando que pasara la tormenta ...

Pero desde Newark hasta el sur de Sheffield y fuera de los límites del condado de York, las gentes se narraban con hilaridad la aventura de un terrible cuerpo de hombres de guerra saliendo en comitiva carnavalesca de la selva de Sherwood, maniatados, desnudos y hambrientos, con las espaldas gachas, soportando el peso del ridículo, arriados como carneros por el látigo de un hombre cuya cabeza tenía un precio en dinero, como las de los criminales ...

Al difundirse esta aventura, la fama de Robin creció en tal forma que no había en la región hombre joven que no aspirara a formar parte de su banda. Pero nuestro hombre, que no se hacía ninguna ilusión respecto al valor de ciertos entusiasmos, no aceptaba a todo el que se le ofrecía.

Llegó así a juntar setenta individuos fuertes y resueltos, con los que podía hacer frente a un número de mercenarios varias veces mayor. Ya era llamado el rey de Sherwood por todo el pueblo, que adivinaba en él a su héroe, aunque no pensaron lo mismo Hugo de Rainault e Isambart de Bellame, que seguían planeando su perdición.

VII

ROBIN, REY DE SHERWOOD

Sɪɴ contar con el cierto temor que las andanzas de Robin pudieran causar a los viandantes que ignoraban el verdadero espíritu de la acción que movía a éste y los suyos, por lo general era costumbre de aquellas épocas, cuando alguien debía trasladarse por ciertos caminos, máxime cuando llevaba valores y viajaban mujeres, hacerse acompañar por algún hombre de armas, suerte de oficio que no desmerecía por el hecho de ser pagado en dinero, aunque el que lo desempeñara fuera un caballero obligado a ello por la necesidad. Había quien tenía eso organizado, y, cobrando un poco más caro, montaba toda una custodia de varios hombres armados, servicios que solían pagarse los mercaderes ricos o las comunidades que debían trasladarse de convento o sede.

Poco tiempo después de la aventura del bosque,

que aplicó tan rudo golpe al orgullo de Guy de Gisborne y aumentó el odio de Hugo de Rainault contra Robin Hood, salía una mañana nuestro héroe y su alegre banda a vigilar los caminos adyacentes a la selva, en cuyo corazón tenían su morada, cuando en la vía que iba de Mansfield a Nottingham vieron avanzar, en dirección a esta última ciudad, una pequeña caravana formada por un par de ricos comerciantes que viajaban bajo la protección de un caballero y unos pocos hombres más.

—Esto es un juego para nosotros — comentó Robin cuando pudo apreciar el escaso número de hombres armados que traía consigo el caballero—. Tú "pequeño" — dijo dirigiéndose a Juan —, te quedarás aquí con veinte muchachos, hasta que ellos hayan pasado. Yo me les adelantaré para detenerlos cuando lleguen al recodo.

A pesar de haber visto a la numerosa tropa de Robin y de haber experimentado el consiguiente susto, los viajeros nada dijeron a su custodia, y éste se guardó muy bien de dar la voz de alarma. La caravana siguió su camino más tranquila al ver que los posibles asaltantes hacían grupas en la misma dirección que ellos llevaban.

Pero no fue poca su sorpresa cuando, unos diez minutos más tarde, al volver un recodo, se toparon con un individuo de elevada estatura, al que acompañaba una impresionante partida de hombres de tan aguerrido aspecto y tan bien montados y armados como ellos.

Con la sangre helada en las venas, los comerciantes y sus protectores se detuvieron en seco. Pero el jefe de la escolta no estaba hecho con la madera con que se hacían los cobardes, y, sin aviso previo, disparó una flecha con tan certera puntería, que dió contra la impenetrable coraza de Robin. Acto seguido, el caballero avanzó con su caballo hacia el proscripto, que, seguro dentro de la armadura de la que había despojado a Guy de Gisborne, desmontaba tranquilamente y esperaba, a pie firme y con la espada en la mano, la embestida. Cuando el caballo estuvo cerca, y en el instante en que el jinete se disponía a arrollar a Robin, éste dió en el hocico del animal un terrible planazo, con lo que consiguió que la noble bestia se levantara sobre las patas de atrás. Tomado desprevenido, el caballero sólo atinó a dar de las riendas un fuerte tirón, que hizo que el caballo cayera hacia atrás, arrastrándolo consigo. Al levantarse, el caballo salió disparando a todo galope, mientras el caballero quedaba desvanecido entre los árboles.

Un poco por asegurar la impunidad de los movimientos de su jefe y otro poco para atemorizar a los guardias de los comerciantes, los hombres de Robin habían rodeado el lugar, haciendo ostentosa exhibición de sus armas.

Y el éxito había sido completo. Los soldados que formaban la escolta estaban como paralizados; uno de los comerciantes, arrodillado a un costado del camino, oraba en alta voz y prometía velas a cuanto santo recordaba, si lo libraban del mal paso; el otro parecía atacado de fulmínea parálisis; miraba fijamente al grupo de los hombres de Robin como hipnotizado.

El encanto fue roto por la voz de nuestro amigo, que ordenaba a los hombres de la custodia que depusieran las armas, aún cuando estaba seguro de que no harían uso de ellas con el susto que tenían.

Después de ser atados convenientemente y asegurados a los árboles, debieron sufrir el registro de la carga que llevaban las mulas que viajaban bajo su "fuerte" protección . . .

Empezó Much el recuento de objetos de valor, con la habilidad de un experimentado tasador.

—¡Ricas telas verdes de Lincoln! — pregonaba cantando, mientras iba sacando de los sacos la más diversa mercadería —. ¡Un hermoso par de candelabros de plata! . . .

—¡Trae para acá eso, bandido! — rogó más que dijo el comerciante de mayor edad, precisamente el que había estado ofreciendo velas a todos los santos —. No te quedes con ellos, por Dios te lo pido; son para la mujer del sheriff de Nottingham, y el marido me hará desollar vivo si aparezco con las manos vacías.

—Pero ahora son míos — se chanceó Robin —; ¿me los vendes por diez monedas de oro?

—¡Diez monedas de oro! — exclamó el mercader —. ¡Si nunca han contenido mis bolsillos semejante suma!

Robin se volvió hacia el otro y le preguntó:

—¿Cuánto dinero llevas encima, buen parroquiano?

—Unas quince monedas de oro — respondió sin titubear el hombre —. Es todo lo que me queda después de adquirir estas cosas que llevaba para vender en Nottingham.

Robin buscó a algunos de sus hombres con la mirada, y dijo, dirigiéndose a Scarlett y a Juan "el pequeño":

—Hacedme el favor, muchachos, registradlos.

Efectuada con la debida prolijidad la tarea ordenada, hallaron que el mercader que había contado poseer quince monedas había dicho la verdad, mas el otro, que aseguró no llevar ni diez, tenía un bolso repleto de ellas. El "pequeño Juan" mostró a Robin el resultado del registro, y el jefe le indicó que se quedara con ellas para engrosar el fondo de la comunidad...

—En cuanto a él — dijo refiriéndose al falso pobre — atadle las manos a la espalda, montadlo sobre su mula y empujadlo camino abajo, que no
quiero mentirosos entre nosotros . . . En cambio,
a ti — díjole al otro — te serán devueltas todas tus
cosas y tus quince monedas; además, esta noche
comerás con nosotros; luego te pondremos en el
camino, sin haber tocado nada de lo que te pertenece; pero pagarás tu comida.

—Robin — gritó Much en ese momento tras-
cendental en que nuestro hombre se hallaba "ad-
ministrando justicia" —, este caballero ha vuelto
en sí y me está prometiendo la horca. — La voz
de Much, que se refería al jefe de la escolta en
cuya guardia había quedado, salía alegre de entre
los árboles.

—Pues átalo bien y tráelo aquí, que yo le daré
una buena lección de cortesía.

En un decir Jesús, se procedió con los apabu-
llados hombres de la escolta lo mismo que se
había hecho con la partida de Gisborne. Se les
ató sobre los caballos con las manos a la espalda,
y se les dejó marchar sin hacerles el menor daño.
Cuando la afligida caravana se hallaba ya lejos de
la vista de Robin, éste y los suyos se pusieron en
camino hacia la entraña de la selva, llevándose
consigo al buen mercader, a quien Robin quería
agasajar en sus dominios, y también al pobre ca-

ballero que mandaba la escolta y que tan mal rato había pasado por cumplir con su deber. Pero éste llevaba los ojos vendados, a fin de que no viera cuál era el camino al seguro escondite del proscripto y su gente.

Llegados a la enorme cueva que servía de alojamiento a la alegre banda de hombres justos, el mercader quedó maravillado de la inexpugnabilidad del sitio y, sobre todo, de la imposibilidad de dar con él; y así se lo dijo a Robin.

—Esto es realmente asombroso —expresó el hombre—, y creo que debe ser imposible llegar hasta este lugar sin guía.

—Así es —contestó Robin, halagado por el elogio sincero del mercader—; y eso que tú has visto el camino abierto ante nuestro paso; pero si yo toco esta corneta de cierto modo, mis muchachos lo clausuran en tal forma que podría buscársele durante un año sin encontrarlo.

Los hombres de la banda de Robin que habían quedado de guardia en lo que ya podía llamarse una aldea, salieron de sus chozas al oír la voz del jefe. Un apetitoso olor a carne asada animó más al mercader, que se atrevió a decir:

—Si yo supiese que mis mercaderías están seguras, me hallaría muy a gusto entre vosotros y comería con buen apetito...

—¿Seguras? —exclamó Robin en tono ofendido —. ¿Qué quieres decir con eso de seguras? Robin Hood te ha dado su palabra de que tu mercadería y tu dinero no serán tocados, y quien tenga cariño al pellejo no duda de esa palabra.

—Sí — se aventuró a insistir el mercader —, pero también Robin Hood me ha dicho que yo pagaría esta comida...

Al oír esto, Robin se echó a reír.

—¡Pero no será más que una bagatela! — exclamó tranquilizando al todavía asustado mercader —. Y ahora nos ocuparemos del otro invitado — terminó.

Y volviéndose hacia Much, le dijo:

—Puedes desvendar a ese caballero y preguntarle si quiere comer con nosotros.

—Yo no como con salteadores de caminos — dijo el caballero con altivez —. ¡Dadme, en cambio, una espada y soltadme los brazos, que lucharé con cualquiera de vosotros!

—Habrá más comida para nosotros si no quiere compartirla — dijo filosóficamente Robin —. Much — ordenó con sorna —, átalo a un árbol cercano para que aspire los sabrosos olores de nuestros principescos manjares...

Con el entusiasmo que aquella gente joven, sana y buena ponía en todas sus cosas, trajeron al claro que hacía en ese campo las veces de plaza pública unos cuantos caballetes y tablones, sobre los que dispusieron lo necesario para comer.

Componía el menú un suculento asado de carne de venado, lomo de jabalí, liebre y faisán, rociado todo con excelente vino y abundante cantidad de cerveza. En fin, una comida como nunca había visto el mercader, que se deshizo en elogios.

—Esta es una mesa puesta como para un rey...

—No — le respondió Robin —, es una mesa de rey, porque yo soy rey en Sherwood, y éstos son mis vasallos fieles, y hoy tú eres mi convidado de honor...

El mercader hizo honor al banquete y comió de todo con envidiable apetito. A su lado había tomado asiento Juan "el pequeño", que, a pesar de todo lo que comió, no dejó de agasajar al invitado, con gentil hospitalidad.

—Ahora — decía Juan después de haber comido dos veces más que cualquiera de los otros — me tendré que morir de hambre esperando que llegue la hora de volver a comer. ¡Qué vida tan dura ésta!...

Robin alcanzó un vaso lleno de cerveza al gigante, diciéndole:

—Echa abajo con esto esa pequeñez que has comido, y empieza de nuevo.

—No, Robin, gracias; pero hoy mi apetito está deprimido.

—¿Deprimido? — preguntó asombrado el mercader, que lo había visto devorar —. Pero si yo nunca he visto un hombre capaz de comer lo que ha comido éste, a no ser el fraile ermitaño de Kirkless...

—Ya he oído hablar de él. ¿Qué clase de hombre es, mercader? — preguntó Robin.

—Un gran comilón y un alma jovial que se hallaba demasiado sujeto en su convento y decidió hacerse ermitaño para vivir en libertad...

—Algún día iré a hacerle una visita, porque se me ocurre que es un hombre cabal.

A todo esto, el almuerzo había terminado y el mercader manifestó sus deseos de abandonar el bosque y la compañía de sus nuevos amigos.

—Ahora me dirás cuánto te debo por el magnífico banquete, mi buen príncipe de los proscriptos...

—Muy poca cosa — le explicó Robin —. Cuando vayas a Mansfield, te apartarás del camino al llegar frente al molino del viejo Much, y le harás una visita, haciéndole saber al molinero que has visto a su hijo que se halla feliz y sano en mi compañía y que ya no es tan haragán como antes. Al mismo tiempo verás ahí a un chico llamado Waltheof, al que llevarás de mi parte un traje nuevo, un par de botas y un sombrero. Ese es el precio del almuerzo.

—Tienes razón, que bien barato me ha salido tan espléndido banquete; y te prometo formalmente que la semana que viene iré de ex profeso al molino de Much para cumplir tu encargo.

—Ahora veamos cómo se encuentra el caballero de mal genio — dijo Robin mientras se dirigía al árbol donde aquél había sido atado, y quien, al ver acercarse a nuestro héroe, lo miraba airadamente.

Era un hombre de poca talla, pálido, de labios delgados y ojos pequeños, de mirar sombrío. Sus facciones, marcadamente normandas, reflejaban crueldad. Desde el sitio en que se hallaba miraba a Robin con franco gesto de desafío.

—¿Cómo te llaman tus compinches? — le preguntó Robin.

—¡Yo no hablo con ladrones! — fué la breve respuesta del normando.

Robin, visto el poco éxito de las gestiones para entablar conversación con su cautivo, se dirigió al mercader:

—¿Cómo se llama este tozudo personaje? ¿Lo sabes tú?

—Rogelio de Gran — le informó el buen hombre.

—¡Ah! Es verdad; yo lo podría haber reconocido. Rogelio el Cruel, uno de los principales de la banda de Isambart de Bellame. El **fué el** asesino que arrancó con sus propias manos los ojos a dos criados, por haber matado una liebre de las tierras de Bellame. . . Hay también una historia referente a una mujer. . .

—Una verdadera historia truculenta — dijo Much —. Ella era la mujer de un excelente hombre que había servido a mi padre en el molino; ¡esta bestia la mató!

Robin contempló al caballero durante largo rato, reflexionando. Recordaba la actitud asumida por el normando cuando él se bajó del caballo con la espada en la mano, invitándolo a un combate singular; recordó, aunque sin rencor personal, que aquél, en vez de aceptar el reto, lo atropelló a mansalva cuando él se acercaba hacia el caballo, y dedujo que el sujeto era indigno de que se tuviera consideración con él.

—¿Qué opinas, "pequeño Juan", lo colgamos?

—¡No te atreverás a colgar a un caballero! — le contestó Rogelio con desprecio.

—¿Que no me atreveré? — dijo Robin amenazante —. ¡Tú mismo, cochino normando, acabas de dictar tu sentencia de muerte, al decir que Robin Hood no se atreverá a algo en la selva de Sherwood! ¡Aquí, Scarlett y Much!, desatad a esta carroña normanda y desnudadlo; y tú Juan, trae tres o cuatro hombres para sujetarlo;

y que otros dos me corten un par de buenas varas de sauce.

Cuando todo estuvo dispuesto de acuerdo a las órdenes del jefe, éste dijo:

—No haré que el suelo de este sitio, que es nuestra pequeña patria, se ensucie colgándote aquí; de modo que estos amigos te conducirán con los ojos vendados hasta el límite de la selva, y arreándote como a una mala bestia. Allí serás ajusticiado. ¡Hora es que vosotros los ladrones y depredadores del pobre, sepáis lo que es bueno! Y ahora, ¡en marcha! — ordenó dirigiéndose a sus hombres.

Los encargados de llevarse al normando no se hicieron repetir la orden. Bien acondicionado para que desechara toda idea de fuga, y a golpes de cuando en cuando, dados con las varas de sauce — lo más frecuentemente posible —, Rogelio el Cruel fué sacado de los dominios de Robin, mientras éste, mirando partir a la comitiva de justicia, decía en alta voz:

—Tienen que recorrer un camino lo suficientemente largo como para que, al llegar a destino, el normando tenga los pies llagados y la espalda llena de heridas; pero con el tiempo todo eso cicatrizará, y no le quedará más que el recuerdo; pero lo que no podrá volver a ser como era antes son los ojos de esos pobres infelices, víctimas de ese asesino. Mis hombres llevan instrucciones precisas sobre lo que deberán hacer con él, pero en verdad que me hubiera gustado ahorcarlo efectivamente y con mis propias manos...

Liquidado para nuestro buen Robin el asunto del normando, se volvió hacia el mercader y le dijo:

—Bueno, mi amigo, quizá quieras ponerte ya en camino de tu casa o de tus negocios; has comido y has podido presenciar cómo hace justicia el "bandolero" de Robin Hood. Tee haré acompañar hasta salir del bosque, donde te serán entregadas todas tus cosas. Cuando yo vea al molinero Much, espero que el niño Waltheof tendrá su traje nuevo, sus botas y su gorra...

—Quédate tranquilo, mi buen Robin, que sabré cumplir mi palabra en forma que no tengas quejas de mí.

—Antes de despedirnos quisiera saber algo más sobre ese ermitaño...

—Como ya te conté, el cura estaba en un convento de Kirkless, pero era demasiado libre en su modo de ser y hasta de pensar para someterse a las disciplinas conventuales, y un buen día, dejando el convento, sin previo aviso, se fué a Sheffield, de donde pasó a la ciudad de Nottingham. Allí estuvo algún tiempo perdido en el bullicio y el ir y venir de los negocios, de la política y de la guerra, hasta que, olvidados ya de él los monjes de Kirkless, se estableció en el campo, haciendo religión a su manera. Hallar el sitio donde mora es fácil: no hay más que seguir el curso del arroyo que corre apenas pasada la Abadía de Santa María; unas tres millas más de camino y encontrarás al buen ermitaño, seguramente pescando en el arroyo en procura de algún rico salmón, en cuya preparación es tan hábil como en su pesca. Y no vayas a creer que sólo de pesca vive, porque dicen que más de un ciervo caza a la luz de la luna...

—¡Por cierto que es un raro ejemplar de sacerdote! Seguramente como no hay otro igual. Y mucho me gustaría conocerlo y hasta tenerlo en mi compañía ejerciendo su ministerio en mi banda, porque a fe que debe ser muy comprensivo y simpático. Iré a verlo en cuanto pueda y trataré de convencerlo para que abandone su soledad.

En seguida, Robin y el mercader se despidieron. El segundo fué acompañado hasta los límites de la selva por Scarlett y "el pequeño" Juan, que iba cantando viejas canciones sajonas, mientras Scarlett le llevaba el acompañamiento con fuertes estacazos atizados en los troncos de los árboles cercanos con su pesado garrote. Así pasaba la vida, feliz y contenta, la gente que hacía la vida de Robin Hood...

VIII

AL mediar el día siguiente, Robin salió con
Juan "el pequeño" y Much en busca del ermitaño, que tan simpático se le había hecho a través
de las descripciones del mercader.

Mucho tuvieron que andar antes de llegar a las
cercanías de la Abadía donde ejercía su autorita-
rismo Hugo de Rainault. Pasaron a su lado es-
condiéndose entre los árboles, pues los guardias
de la Abadía vigilaban muy celosamente los te-
rrenos adyacentes a ella. Pero, sin tropezar con
nada desagradable y sin ser avistados, pronto llegaron al arroyo, cuyo curso, como le había informado el mercader, debían seguir unas tres millas hasta dar con el sitio en que tenía su para-
dero el extraño fraile.

Antes de lo que esperaban, se dieron de boca
con el hombre en cuestión, que, como se lo habían pronosticado, estaba saboreando las carnes

asadas de un tierno ciervo de cercado ajeno...

Rara por demás, como veremos, fué la manera que usó Robin para entrar en relaciones con el discutible ministro del Señor.

Hizo que sus acompañantes se escondieran para que el fraile creyera que estaba solo, y avanzó hacia él empuñando su espada. El fraile lo vió llegar sin demostrar la menor sorpresa, pues siguió comiendo tranquilamente como si aun se hallara solo en el bosque.

Al llegar junto a él, Robin le puso la punta de la espada en la garganta y le dijo con tono áspero y desabrido:

—¡Eh, tú, levántate y llévame a babucha al otro lado del arroyo para no mojarme los pies!

—Hijo — respondió serenamente el fraile, sin demostrar la menor turbación —, si mi comida está de este lado, ¿por qué he de pasar al otro?

—Ya te lo he dicho — insistió, terco, Robin —, porque quiero llegar a la otra orilla sin mojarme los pies...

El fraile abandonó su merienda y suspiró diciendo filosóficamente:

—¡Si eso ha de ser, que sea! Súbete.

Con agilidad montó Robin a babucha del resignado fraile y éste se dirigió al vado, mientras monologaba:

—¡Qué días más tristes estos en que un digno

siervo de Dios debe dejar su comida porque a un pícaro se le antoja no mojarse los pies!

El viaje comenzó sin tropiezos, pero cuando el ermitaño se hallaba en la mitad del vado, teniendo el agua hasta la cintura, o porque así lo quiso el destino, o más probablemente que el destino el mismo fraile, Robin resbaló de las espaldas que lo llevaban y cayó al agua. El fraile, con sorprendente rapidez en un hombre tan gordo, lo tomó por el cuello y arrancándole la espada, lo amenazó con ella al tiempo que le decía:

—¡Ahora llegó mi turno; levántate y llévame a mí, si puedes, al sitio en que dejé mi almuerzo! . . .

No había más remedio que obedecer. . . Y Scarlett y Much reventaban de risa al ver cómo se le había dado vuelta el juego a Robin, que no daba más con el enorme corpachón del ermitaño sobre sus espaldas.

—¡Vamos, apúrate, hombre — le decía éste —, que desde aquí siento el olor de mi asadito y se me hace agua la boca!

Pero había de repetirse el juego, pues al llegar a la orilla, Robin se agachó de golpe y el fraile dió con su pesada humanidad contra el suelo, dejando caer la espada. Rápidamente la levantó Robin, y dirigiéndola al pecho del fraile le dijo:

—¡No hay almuerzo todavía, porfiado! ¡Empecemos de nuevo!

Y helos otra vez a Robin a babucha del ermitaño y a éste harto ya del yuguito; tan harto que al llegar a la mitad del arroyo, donde, naturalmente, éste tenía su mayor profundidad, hizo un movimiento tan hábil y fuerte que lanzó a Robin por sobre su cabeza.

—¡Ahora, imprudente bribón, te hundes, que yo voy a comer!

Y girando en redondo se marchó dejando en el agua a Robin, que se reía alegre y francamente de su fracaso. Robin salió a la orilla y se fue derecho al fraile, con la espada en la vaina, riéndose a carcajadas y chorreando agua.

—¡Fuera villano! — le gritó el fraile —. ¡Que si no, tomaré el palo y te correré a bastonazos! ¡Déjame comer en paz!

—Bueno — le gritó Robin, que continuaba acercándose —, hagamos las paces, y dime cómo te llamas.

—Los hombres me llaman "el fraile Tuck". ¿Y cómo te llaman a ti, bribón?

—Robin de Locksley me llamo, o mejor, Robin Hood.

Al oír el nombre de nuestro amigo, el fraile casi se muere de risa.

—¿Qué dices? ¿De modo que me he hecho llevar a babucha por el tipo que hizo pasear en camisa a Guy de Gisborne y su tropa por los caminos del condado y el que dejó sin nada, de lo mucho que llevaba, al prior de Newark?

—Sí, ése soy yo; pero no alardees demasiado de tu triunfo sobre mí, porque el primero en cargar al otro fuiste tú. Y ahora te diré una cosa, simpático fraile. Esta mañana he salido en tu busca, atraído por algunas cosillas que he oído de ti, para invitarte a que te unas a mi banda, pues a esos muchachos les está haciendo falta un capellán. Te advierto que en la selva de Sherwood hay más abundante comida y mejor cerveza que la que tienes por delante.

—¡Ajá! — respondió el fraile —. ¿Conque me quieres llevar a vivir contigo entre gente que, si bien necesita tener un cura con ellos, tiene tan poco respeto por los ciervos de Su Majestad como lo tengo yo?... Todo está muy bien, pero vosotros en la selva tendréis días de ayuno, supongo...

—Si te vienes con nosotros tendremos todos los días de ayuno que tú dispongas — prometió Robin.

—¡No me tientes, Robin Hood, no me tientes! ¡Recuerda que yo pertenezco a Dios!

—Carne de venado, ciervos gordos y tiernos, ganso de vez en cuando y faisán; legumbres tiernísimas y frescas y fruta en abundancia... Todo regado generosamente con rubísima cerveza y vino del mejor. . . — repetía Robin, como una letanía, al oído del fraile —. Vente con nosotros, que también necesitamos un buen cocinero y me han dicho que tú lo eres. . .

—¡Basta, Robin, me rindo! — gritó desesperado el pobre fraile —. ¡Eso es demasiado para que un infeliz pecador como yo se resista!

Robin hizo una seña al "pequeño" Juan y a Much, que salieron de sus escondites y fueron hacia el curioso grupo que formaba el fraile y el proscripto. Al ver el descomunal tamaño del "pequeño" Juan, el fraile dijo:

—¡Amigo, si en tu banda tienes muchos nenes como éste, deberemos llevar algunas mamaderas!

—¡Si no fuera por esos hábitos religiosos que llevas, te daría un garrotazo! — le contestó Juan, que no aguantaba bromas a los desconocidos sobre su tamaño.

—No te preocupes por eso, criatura, porque me los saco si quieres pelear.

—¡Bueno, dejad ese asunto para arreglarlo en casa — cortó Robin —, y prepárate a marchar!

* * *

Robin Hood hizo una verdadera adquisición para su banda al engrosarla con el fraile Tuck, de quien se decía que no había en todo el con-

dado, fuera de los hombres de armas, sujeto más
bravo para la pelea, porque los muchachos tendrían en él quien les cantara viejas canciones inglesas; quien les cocinara exquisitamente y con
quien se podría contar también si había trifulca.

Por su parte, el fresco cura no pareció en ningún momento arrepentido de haber abandonado
la vida cenobítica por las suculencias materiales
que le hizo entrever el diablo disfrazado de arquero sajón...

IX

EL TORNEO
DE NOTTINGHAM

A pesar de que los alegres muchachos que componían la banda de Robin Hood no podían quejarse por falta de aventuras, las que habían corrido hasta ahora no colmaban su juvenil sed de trances difíciles.

En busca de un cambio de ambiente y tratando de hallar cómo cumplir su programa de ayudar al débil contra las exacciones del poderoso opresor normando, un buen día Robin levantó campamento y se trasladó con su gente un poco más al norte, en los límites del condado de York.

No había en esos contornos una selva inexpugnable donde instalar una guarida como la de Sherwood, pero tampoco era indispensable una ocultación tan hermética como en Nottingham, por cuanto las gentes del lugar, al ver que la banda de extranjeros se comportaba con ellos como verdaderos amigos y demostraba, además de lo que decían las murmuraciones, estar dispuesta a luchar contra las opresiones de los barones y los altos dignatarios de la Iglesia, no sólo toleraron su presencia, sino que, llegado el caso, le prestaron toda clase de ayuda.

Puede decirse que en las aldeas del norte de los Midlands, nuestros amigos podían hallarse tan seguros como en el bosque impenetrable de Sherwood.

Corrían los tiempos en que Inglaterra, por iniciativa de la reina Berengaria y de la reina madre, Leonor, que se habían empeñado en reunir el dinero necesario para pagar el rescate del rey Ricardo, preso por Leopoldo de Austria en el castillo de Gratz, estaba soportando pesados tributos que colmaban la larga paciencia del pueblo sajón.

El príncipe Juan, reinante a la sazón en sustitución de su hermano, hizo lo que estaba de su parte, a pesar de que, por múltiples razones, era el que menos deseaba el regreso de Ricardo Corazón de León. Sin embargo, supo ocultar sus aspiraciones y tomó activa parte, como hemos dicho, en la labor tendiente a reunir el dinero para el rescate.

Esa actitud le valió que el pueblo inglés le perdiera un poco del odio que bien justificadamente le tenía. Sobre todo en el país de Midlands, donde poseía hábiles adalides de su persona y su política, llegó hasta tenérsele cierta simpatía o, mejor dicho, tolerancia.

Aprovechó esta situación para anunciar una visita a Nottingham, donde el sheriff organizó un torneo con juegos populares en su honor.

Roberto de Rainault era, de sus partidarios, uno de los que más gananciosos había resultado en el tiempo que llevaba su interregno. No es extraño, entonces, que quisiera agasajarlo dignamente en su visita al condado.

Fué Much, el hijo del molinero, quien, habiendo ido a Nottingham a visitar a su padre, volvió con las noticias de la visita real y el torneo. También traía una grata nueva a Robin, pues había visto al hijo del desgraciado Sibald, que se hallaba muy bien de salud, muy contento con su traje nuevo y prometiéndose formar parte de la banda de Robin cuando fuera grande.

—El mercader cumplió su promesa — comentó con agrado Robin —. Pero precísame algo más sobre ese torneo...

—Me contó mi padre que están preparando para realizarlo el campo de Pike. Han levantado allí una gran plataforma, sobre la que están construyendo los palcos en que se ubicarán el rey Juan con su séquito y los grandes señores invitados del monarca y del sheriff. Las fiestas durarán tres días; en los dos primeros se realizarán los torneos para caballeros, estando el último destinado a algunos juegos en los que tomarán parte las gentes del pueblo.

—Como siempre — comentó Robin —; dos días para que se diviertan los ladrones normandos y uno para la gente de cuyo sudor y sangre ellos viven...

—Los juegos del tercer día consistirán en tiro al blanco con arco, esgrima de espada y a pie, lucha, etc. El mejor premio ha sido destinado al vencedor del match de tiro con arco, y consiste en un cuerno lleno de monedas de oro y una flecha de plata adornada con incrustaciones de oro.

—Una recompensa — comentó Robin.

—Y que Huberto, uno de los lugartenientes del sheriff, está seguro de ganar — interrumpió Much —; pues el único a quien teme es a uno de los hombres que vienen con el rey Juan y a quien llaman Enrique.

—¿No sabes si es Enrique el bizco? — preguntó el "pequeño" Juan —, porque hay uno a quien apodan así, que es un arquero habilísimo, capaz de hacer un centro a media milla de distancia.

—Dándole un par de vasos de cerveza dirá que lo hace a una milla y por un tercer vaso será desde Nottingham a Sheffield — comentó socarronamente el fraile.

—Me están dando ganas de colgarme ese cuerno al cuello y cazar con esa flecha de plata —dijo Robin.

—Eso es peligroso, mi buen amo —objetó el "pequeño" Juan—. Hay mucha gente en Nottingham que está con ganas de obtener las cuarenta monedas de oro ofrecidas por tu cabeza.

—Pero, en cambio —insistió Robin—, hay otras tantas que me cuidarán de la zarpa del sheriff. ¡Ea! —exclamó de pronto—. Está decidido. ¡Sacad todas las armas y arreglaos las armaduras, pues iré a Nottingham a disputar el premio al mejor arquero!

Gran revuelo y discusiones provocó entre los suyos esta decisión del gran proscripto. Todos querían ir a presenciar la justa, aunque más les interesaba guardar las espaldas de su jefe. Por fin, y no pudiéndose poner de acuerdo, decidieron ir todos...

El día señalado para el comienzo de las fiestas apareció en el campo destinado para ellas una cantidad de individuos de lo más heterogéneo que pueda imaginarse. Veinte o treinta molineros vestidos con sus trajes de labor y cubiertos de harina de la cabeza a los pies; otro numeroso lote de pordioseros, ataviados de las maneras más raras; mercaderes; esclavos que parecían llegar desde lejanas comarcas y toda clase de trabajadores del campo, se habían dado cita allí. Sobresalía de aquella muchedumbre un mendigo cojo, de una talla descomunal y que caminaba dificultosamente con ayuda de una muleta improvisada con una rama de roble.

Iniciados los torneos, aquella gente siguió con marcado interés las alternativas de los dos días de los certámenes para caballeros. Llegado el tercer día, en que tendrían lugar los juegos populares, el brillante séquito del rey y los invitados, con sus mujeres e hijas, concurrieron como los días anteriores, curiosos de presenciar la puja entre el mejor arquero del sheriff y del rey: Huberto y Enrique, respectivamente.

El primer número del programa era los encuentros a espada. La crónica de éstos no interesa a nuestra historia, ya que ni Robin ni ninguno de los suyos tomaba parte en ellos.

Para el tiro de arco los contendores eran unos sesenta. Desfilaban todos delante de un oficial encargado de anotarlos, al que debían dar su nombre. Se presentó un individuo que hizo sensación y que obligó al oficial a detener su trabajo.

No era para menos, pues se trataba de un viejo andrajoso, sucio y que hasta parecía no poder tenerse en pie.

—El arco que llevas es bueno — le dijo el apuntador —; pero dudo de que con esa traza de escarabajo enfermo te dejen entrar en el certa-men. ¿Cómo te llamas?

—Los hombres me llaman Hodden o' Barnsda-le — dijo el viejo débilmente —, y yo te aseguro que, a pesar de esta traza, seré tan bueno como el mejor de esos jóvenes que fanfarronean con sus arcos, luciéndose entre las damas. Los jac-tanciosos nunca llegan al final...

Cuando el sheriff divisó a este extraño perso-naje ordenó que lo sacaran del campo; pero el rey, que ya había reparado en él, sintió curiosi-dad por ver qué se traía el sujeto en la faltri-quera.

—Además — dijo el rey Juan en alta voz —, después del primer tiro quedará descalificado y podrá ser retirado de la liza.

Oído esto por el viejo, alzó su voz y dirigién-dose al rey, dijo:

—No temáis, señor; mis flechas darán en el blanco porque ellas son inglesas, tan inglesas como la que supo encontrar el corazón de Gui-llermo el Rojo [1].

En aquel tiempo, una alusión de esa clase era un insulto para los normandos, especialmente de-lante de quien tenía esperanzas de ceñir un día

---

[1] Se refiere al segundo hijo de Guillermo el Conquistador y Matilde de Flandes, a quien llamaban el Rojo, que murió en una cacería atra-vesado por una flecha. (N. del T.)

por derecho propio la corona de Guillermo el Conquistador.

El príncipe Juan nada dijo ante la baladronada del viejo, pero llamó a un oficial de su guardia y le ordenó:

—Observa a ese hombre, y si no llega a figurar entre los doce últimos contendientes, tráelo a mi presencia para que sea castigado por su insolencia.

El match se hacía por eliminación, de a grupos de seis tiradores. Los vencedores de cada grupo formarían otro para proceder a la penúltima eliminatoria.

El andrajoso viejo permanecía en su puesto cuando ya no quedaban más que doce tiradores...

Huberto había colocado para esta vuelta la mejor flecha; le seguía el crack del rey, Enrique, a quien ya conocemos, y en último término estaba el viejo Hodden. En puridad de verdad, el mejor tiro había sido hecho por éste, pero era sajón y no se le tomó en cuenta "porque había sido ayudado por la suerte"...

Había llegado el momento de la penúltima eliminatoria. Los doce que quedaban debían tirar al mismo blanco, uno después de otro. Aquel que no colocara su tiro a una cierta distancia del centro debería retirarse sin disputar la final. Los que iban quedando debían ir mejorando sus tiros. Al quedar sólo tres rivales, dispararían tres flechas cada uno, proclamándose entonces el vencedor.

Ya sospechará el lector quiénes fueron los tres que quedaron para este final. El primero en tirar fue Huberto, que clavó su primer dardo dentro de la línea que circundaba el centro del blanco, y las otras dos también muy cerca, aunque no en el centro.

Las tres flechas del llamado Enrique se colocaron limpiamente en el centro, pero tocando dos de ellas la parte exterior. El viejo Hodden levantó su arco y, casi sin tomar puntería, disparó su primer tiro, que se alojó justa y matemáticamente en el centro.

—¡Eso es suerte, nada más que suerte! — gritaban los corifeos del rey y del sheriff—. ¡Hay que tirar de nuevo! ¡En la forma de tirar se vió la casualidad!

Accediendo al clamor de sus hombres, Juan y el sheriff decidieron anular la última vuelta, sin terminar, como se ha visto. Aunque para dar una pequeña satisfacción al pueblo, se dispuso que Hodden tiraría el primero y que lo harían en forma alternada, es decir, una flecha cada uno.

Tiró Hodden y clavó en el justo centro; lo hizo en seguida Huberto y su dardo se alojó a más de dos pulgadas afuera de la del viejo; tiró, por último, Enrique y su flecha se incrustó casi en el mismo agujero en que estaba clavada la de Hodden. Se cambió el blanco y volvió a tirar Hodden haciendo centro de nuevo; dirigida por una nerviosidad explicable, la flecha de Huberto dió fuera del cartón; tiró Enrique y partió en dos la flecha que había clavado Hodden en el centro.

Un grito de estupor partió de la muchedumbre electrizada.

—Un tiro así es un buen tiro — dijo Hodden a Enrique —, sea inglés o normando el que lo haga.

Esta segunda rueda, arrancada al favoritismo del monarca, había eliminado a Huberto, que se retiró a un ángulo del campo, patente en la cara una impresión de ira.

Por lo espectacular del tiro de Enrique y sobre todo en su calidad de normando, se dispuso que ahora sería el primero en tirar.

Partió su flecha y cortando el aire con la velocidad del rayo hizo centro.

—Ahora te toca a ti, viejo insolente — dijo el rey Juan, excitado por la emoción del decisivo momento —. ¡Debes mejorar ese tiro o pierdes tu mano derecha!

Ni la bárbara amenaza consiguió turbar la tranquilidad del viejo sajón, que hizo su tiro y la flecha pasó rozando la del normando, yendo a incrustarse, casi pegada a la de éste, en el centro justo. ¡El tiro de Enrique había sido mejorado!

Pero, de cualquier modo, iba a ser discutido por los secuaces del sheriff, por lo que el viejo Hodden, consiguiendo ser oído en la algarabía que armaba el público sumada a la de los esbirros que pretendían acallarla, gritó:

—¡Alteza, esto de tirar contra un blanco es juego de niños! Desafío a su hombre a que parta en dos una rama de sauce a ciento cincuenta yardas de distancia. ¡Le juego ese premio que en justicia ya he ganado y que se me quiere arrebatar!

—Pero ese match no terminaría ni para Navidad — observó el rey.

—Señor — dijo Enrique —, yo aceptaría, pero a cincuenta yardas. . .

—Bueno, que se haga así — aceptó el rey —, pero una flecha cada uno y el que la tire más cerca de la vara tendrá el cuerno y la flecha de plata.

Se clavó profundamente en la tierra una delgada vara de sauce y se midió la distancia escrupulosamente.

—Tira tú primero — dijo Hodden —, porque aquellas nubes van a tapar el sol y quiero darte la ventaja de la mejor luz. . .

—Eres gentil — le respondió Enrique — y quiero agradecértelo; pero nadie podrá quebrar esa varita a tan grande distancia. . . Tendremos que pensar en buscar otro blanco. . .

115

En seguida levantó su arco, tomó puntería y largó la cuerda.

Un ¡oh! de admiración se escapó de los espectadores, porque la flecha del normando había tocado levemente la varita, haciéndola moverse.

—¡Hermoso tiro! — comentó con admirativa lealtad el viejo sajón —. Pero ahora prepárate para aprender a tirar con arco...

Se agachó; recogió del suelo una brizna de hierba y la sostuvo en el aire observando la dirección del viento. Luego armó el arco y poniendo un poco de mayor cuidado que el que había tenido hasta entonces largó la cuerda...

Una estruendosa exclamación resonó en todo el campo al ver cómo la varita de sauce saltaba por el aire en dos pedazos.

—¡Este no es un hombre, es un demonio!... — exclamó el príncipe Juan.

—¡Hombre o demonio, la cosa es que ganó el premio, y es un sajón! — dijo, furioso, el sheriff.

Mientras, el viejo Hodden iba hacia Enrique y le estrechaba la mano, diciéndole:

—Aunque el premio me pertenece por entero, te invito a que lo compartamos; yo tomaré sólo el cuerno y la flecha; quédate tú con el dinero.

Pero Enrique sacudió negativamente la cabeza.

—No — dijo —, el dinero me sobra, viejo, y tú lo has ganado ampliamente. Quédate con

116

todo y puede ser que nos encontremos otra vez, y tendré el gusto de ser de nuevo tu contrincante.

—Así lo espero; adiós —terminó diciendo Hodden.

—¡Que Dios te acompañe!

Hodden se encaminó hacia el palco real. Allí lo esperaba el tiránico normando con el cuerno lleno de monedas de oro en una mano y la flecha en la otra. El gesto del monarca trasuntaba su fastidio.

—Sajón — dijo cuando Hodden estuvo ante él —, prometí cortarte la mano derecha si no vencías a Enrique. Has ganado, seguramente ayudado por el demonio, pero has ganado. ¡Ahora toma el premio y vete!

—Por vuestra cortesía y por el premio, os doy las gracias, señor — dijo el viejo, recalcando lo de cortesía.

Tomó la flecha y el cuerno, poniendo la primera en su cinturón, y llevándose el cuerno a la boca, lo hizo sonar con fuerza tal que su contenido se desparramó por el suelo a varios metros de distancia. Con toda tranquilidad fue perdiéndose entre la muchedumbre que lo aclamaba...

—¡Detengan a ese hombre — gritó Juan —, pues debe estar disfrazado! ¡Si fuera lo que aparenta ser no despreciaría el dinero!

Pero Hodden, que oyó la orden, apuntaba al corazón del rey, al tiempo que le decía con una frialdad terrible:

—¡Retirad esa orden, señor, o sois hombre muerto!

—¡Dejadlo ir, dejadlo ir! —exclamó Juan con un hilo de temblorosa voz.

Mas entre los circunstantes que rodeaban al sheriff y al monarca se hallaba nuestro viejo conocido Guy de Gisborne, quien desde la aparición de Hodden en escena no le quitaba los ojos de encima. Y cuando vió que el viejo bajaba su arco después de haber amenazado al rey, se acercó a él subrepticiamente, y arrancándole el desastrado bonete que llevaba por sombrero y la peluca gris, descubrió las verdaderas facciones de Hodden o'Barnsdale...

—¡Este es Robin Hood, detenedlo! —gritaba con desaforada voz—. ¡Hay cuarenta monedas de oro por él!

Pero no pudo agregar una sola palabra más: el corpulento pordiosero cojo, que a su lado estaba, lo dejó sin sentido de un estacazo.

Y aquí fué Troya. Un grupo de unos cien hombres avanzaba hacia el lugar, y abriéndose paso a garrotazos entre los esbirros del sheriff, cercaron a Robin gritando:

—¡A él no, a Hood no, a nosotros, que somos sus secuaces, si es que os atrevéis!

La gente de armas que estaba con el sheriff intentó un avance para arrancar a Hood del cerco en que lo tenía resguardado su milicia, y se produjo un remolino tal de palos, en el que los normandos llevaron la peor parte, hasta el punto de que fueron retirándose lentamente, abandonando el campo a los muchachos de Robin. Además, la "tropa regular" de éste había sido considerablemente engrosada con buena parte del público, gente sajona de Nottingham, que no podía estar con el rey Juan y sus satélites. Estos habían tomado ya, silenciosamente, las de Villadiego...

Y cuando llegaron los refuerzos pedidos para imponer orden en el campo de juegos de Pike, nada quedaba ya en él que denunciara la existencia de Robin Hood y sus camaradas, que tan extraña manera tenían de divertirse...

X

EL RAPTO
DE MARIANA

QUINCE días después del animado torneo de Nottingham y cuando el sheriff había elevado a cincuenta las cuarenta monedas de oro ofrecidas por la cabeza de Robin Hood, el padre Hugo de Rainault recibía en su Abadía de Santa María la visita de su compinche Isambart de Bellame.

Invitó a su ex aliado con el mejor vino de su bien provista bodega, y se dispuso a escuchar el motivo de la visita.

—El verano está pasando —comenzó diciendo Isambart —, y yo me quiero casar antes de que llegue el otoño.

—Me parece una excelente resolución — comentó Hugo —; por lo tanto, ¿habéis venido, supongo, a pedirme que os envíe un cura para que os case en la capilla de Bellame?

—Exactamente — asintió Isambart —, un cura

y además la novia, de acuerdo a lo que pactamos cuando me pedisteis treinta hombres para dar caza a Robin Hood; convenio que yo cumplí en todas sus partes...

—Hombre — exclamó alarmado el abad —, espero que no vendréis a exigirme que os dé a mi pupila.

—Sin embargo, a ello vengo. Un convenio es un convenio. ¡Yo os di mis hombres y vos deberéis darme a Mariana!

—Sí, convengo en que vos me disteis los treinta hombres, pero, ¿qué pasó? ¡La expedición fracasó, a pesar de ellos!

—¿Y eso a mí qué me importa? Ya sé que aquello fue un fracaso y sé también que yo perdí armas y las treinta mejores armaduras que había en el castillo — dijo Bellame levantando el tono —. Lo tratado era que yo os daría la fuerza a cambio de vuestra pupila, y no que me encargaría de dar caza a ese bandido sajón. ¿Y para qué vamos a discutir más? Ante vuestra mala fe, padre Hugo, no puedo oponer más que la fuerza y os doy a elegir: ¡O cumplís vuestra palabra o me tendréis de enemigo!

—Vayamos poco a poco — dijo en tono conciliador el avieso sacerdote —, pues no es cosa de disgustarse por eso. Si os ponéis en ese tren os casaréis con Mariana, y asunto terminado...

—Así era lo convenido — dijo Isambart serenándose de golpe.

—Bien — siguió diciendo Hugo —, enviaré a alguien a Kirkless para convencer a la muchacha, que, entre paréntesis, os diré que no tiene ninguna vocación para monja, y...

—¿Cuándo? — le interrumpió Isambart.

—Mañana mismo.

—Entonces deberíais enviar directamente a Gisborne con una escolta de doce hombres bien armados, y en la misma semana podría seguir viaje a Evil Hold...

—Convenido — aceptó el padre Hugo.

Y después de acompañar a su visitante hasta las puertas de la Abadía, llamó a Guy y le dió las instrucciones necesarias, de acuerdo a las exigencias de Isambart de Bellame.

Hugo de Rainault era así; una vez vencido, ¿por qué no aceptar la derrota?

—Elegiréis bien los hombres y saldréis mañana temprano. En vuestras manos pongo a esa muchacha, confiado en vuestro valor y prudencia — dijo a Gisborne —. Y tened cuidado con Robin Hood.

Este nombre hizo enrojecer al caballero, un poco por encono y mucho por vergüenza...

Al día siguiente llegó al lugar en que se hallaba Robin un mendigo, cuyas visitas tenían por único objeto el traerle noticias que pudieran interesar a la banda.

Las de ahora no podían ser más interesantes. ¡Se trataba nada menos que de la expedición de Gisborne y el casamiento de Mariana!...

—¿Casarse una niña tan delicada con semejante lobo? ¿Crees tú que ella estará de acuerdo?

—Ella no sabe nada del asunto — dijo el espía.

—¡Ah, ese odioso ladrón normando! — exclamó nuestro héroe con rabia —. ¡Eso no puede ser y yo lo impediré! ¡La primera mujer de Isambart murió misteriosamente en ese castillo, y en él no entrará nunca jamás otra mujer mientras yo reine en Sherwood! ¡Mariana no llegará a Evil Hold! ¡Atajaremos a Gisborne en el camino!

Cuando llegó el momento, Robin fue avisado por el mismo informante que Mariana había llegado a la Abadía y que al día siguiente se pondría en marcha para Evil Hold. Entonces se apostó con parte de su gente como él sólo sabía hacerlo, y esperó.

Poco esperó, pues sólo un par de horas llevaba en el camino cuando avistó al señor de Gisborne que venía al frente de su gente y conduciendo un palafrén sobre el cual iba una hermosa muchacha.

—Detente, Guy de Gisborne, y entrégame esa joven que, bajo mi palabra de honor, será devuelta a Kirkless, sin daño para ella y ni siquiera para ti.

Cuentan las historias que Mariana, impresionada al ver a Robin desafiar solo a Gisborne con gente de armas, se enamoró en el acto del apuesto sajón. Además vió en el proscripto una tabla de salvación que le permitiría escapar al espanto de un matrimonio que le era odioso.

—¡Robin de Locksley! — exclamó Guy al reconocer a su antiguo enemigo —. ¡A él, villanos, detenedlo! ¡Hay cincuenta monedas de oro para el que lo cace!

Dos de sus hombres se adelantaron impulsados por el acicate del premio, pero un par de certeras flechas disparadas con pasmosa celeridad les mató los caballos, que cayeron arrastrando por tierra a sus jinetes.

—¡A él, vosotros!... — repetía Gisborne — ¡Apresadlo, cobardes, vendidos!

Pero era inútil; nadie se movió de su sitio. Los pobres mercenarios veían que Robin tenía listo su arco y ese arco nunca fallaba...

Entonces Gisborne, en el paroxismo de la furia, arrancó de manos de uno de los suyos un arco y una flecha y, precipitadamente, sin apuntar casi, la lanzó contra Robin, que ni trató de esquivarla, seguro de la mala puntería del normando y de la resistencia de su armadura.

Su respuesta al fallido tiro fue una llamada que efectuó con el hermoso cuerno del concurso, a cuyo sonido se presentaron sus hombres, que habían permanecido ocultos entre los árboles.

En ese instante, Robin decía al normando:

—¡Has hecho un tiro idiota! Bájate del caballo y pelearemos mano a mano.

Pero Guy miró hacia atrás y vió que su gente había sido desarmada y atada. Estaba a merced del sajón. Volvió grupas y a galope tendido emprendió una explicable fuga, porque era un cobarde, dejando a Mariana librada a su suerte.

Robin dejó que Guy se alejara un poco; cuando el fugitivo se halló a unas cien yardas, levantó el arco, estiró las cuerdas y disparó. Hizo impacto en las ancas del noble animal, que rodó por tierra, proyectando a bastante distancia de sí a su jinete, debido a la velocidad de la carrera que llevaba en el momento de recibir la flecha.

Al verlo caer, corrió Robin hacia él, y empujándolo con el pie como quien patea trapos sucios, le dijo:

—¿Qué clase de hombre de armas eres que dejas en manos de bandidos a las jóvenes confiadas a tu custodia? ¿Qué dirá de esto Hugo cuando lo sepa?

El de Gisborne se puso de pie, y a pesar de la desairada situación en que por tercera vez se veía puesto por el proscripto, tuvo la desfachatez de desafiarlo, diciéndole:

—¡Si tuviera mi espada, no te burlarías de mí!

Robin le señaló el sitio donde aquélla había quedado, y le dijo:

—Ve a buscarla y pelearemos como caballeros.

Pero el normando, que tan prudente estaba resultando para cuidar de su pellejo, pesó el pro y el contra de la situación, y vió que estaba perdida para él; no podría arrebatar a Mariana de las manos de los hombres de Robin, y con su caballo mal herido, si es que no estaba muerto, no había posibilidad de escapar.

—Si yo te matara, tus hombres te vengarían...

—Eso lo hacen los perros normandos, pero no se usa en la selva de Sherwood. Si tú me vences, irás con toda libertad a contárselo a tu señor..., pero la joven no irá al castillo de Bellame. Por lo tanto, toma tu espada y veremos si eres todo lo bueno de que te jactas.

Puestos en guardia los rivales, comenzó de ambas partes un hermoso juego de agilidad, fuerza y destreza. La esgrima de terreno, hecha cubiertos con armaduras, alargaba enormemente los desafíos, por cuanto había que derribar al suelo, a fuerza de golpes, al contendiente, y buscar luego los intersticios que dejaban entre sí las diferentes piezas de la armadura, para introducir por alguno de ellos la punta de la espada y recién entonces herir al caído. Algunas veces, el filtrar la espada por las articulaciones de las piezas duras conseguía hacerse mientras se estaba de pie, y entonces el golpe era más brillante y limpio. Sabemos que no siempre usaba Robin armadura, y que la única que tenía era la que le había quitado al propio Guy, pero esta vez la llevaba, de modo que el combate estaba en parejas condiciones.

La habilidad de Robin le permitía jugar con su adversario. Saltaba de un lado a otro con tal velocidad que a cada momento Gisborne se hallaba con el vacío delante de sí. Hasta que se cansó y comenzó a tirar golpe tras golpe, que erraba por la misma furia insensata que se iba apoderando de él. En un momento dado, Robin llegó a desarmarlo.

—¡Ahora salva tu vida, bravucón! ¡Si el padre Hugo no tiene espadachines mejores para poner al servicio de las damas, poco segura tiene su Abadía!

Y, desarmado, el desventurado Guy de Gisborne tuvo que aguantarse el derrumbe de su dignidad al son de las carcajadas de los hombres de Robin, que habían presenciado la escena con el más estruendoso regocijo.

—Ahora nos dirás qué podemos hacer contigo, mayordomo — dijo Robin —; una armadura de tu propiedad ya la tenemos, como podrás ver, de modo que ésa que vistes no la quiero y ninguno de mis hombres querrá usar lo que un sucio normando como tú haya llevado.

—¡No te burles, bufón, y mátame de una vez!

—No, te dejaremos regresar a darle cuenta al padre Hugo de tu exitosa gestión, y le dirás de mi parte que la joven Mariana se halla segura entre hombres de verdad que la devolverán a Kirkless. Dile también que si Isambart de Bellame persiste en sus propósitos, iré a incendiarle Evil Hold en sus propias narices.

—¿Eso significa que me dejan marchar? — preguntó Guy.

—¿Y para qué iba yo a tenerte con nosotros? ¿Para que comieras la parte que corresponde a un hombre honrado y que no me sirvieras para nada? ¡No, que aquí no mantenemos vagos!

Volvióse hacia el "pequeño" Juan y le ordenó que tanto a Gisborne como a los hombres de su escolta les atara las manos a la espalda y los montara sobre sus respectivos caballos. Para substituir a las tres bestias que habían muerto, algunos de los hombres deberían cabalgar de a dos.

Cumplida la orden y ya dispuesta la caravana de "prisioneros de sus caballos", Robin los vió alejarse, mandados por él en esas condiciones por segunda vez a entregarse al ridículo del comentario popular y a la ira de los amos...

Entonces se dirigió a Mariana, que, sin dejar el palafrén en que era llevada, había presenciado la escena con el más íntimo regocijo.

Recién entonces la observó atentamente.

Era una muchacha extremadamente bonita, delgada, alta, de divinos ojos azules y gruesas trenzas de oro que llevaba en dos rodetes a los costados de una cara del más perfecto óvalo. Heredera de una enorme fortuna, a la muerte de su padre, había sido puesta bajo la tutela del padre Hugo hasta la mayoría de edad. Llegado ese momento, ella podría disponer libremente de su persona y de sus bienes, situación que el abad de Santa María veía acercarse con desagrado porque ella le privaría del usufructo de ricas tierras, frondosos bosques y alegres cotos de caza que hasta ahora había considerado como propios. Al acercarse a la niña, Robin le hizo un saludo digno de un cortesano.

—Nosotros os hemos sacado de las garras de Isambart de Bellame — le dijo —; ahora, si no disponéis otra cosa, os llevaremos al convento de Kirkless...

—Mi buen caballero — le respondió la joven con una encantadora sonrisa —, yo no deseo volver a Kirkless, porque de ahí me podrá sacar el padre Hugo usando de la fuerza y entregarme a ese demonio que manda en Evil Hold.

—Eso es cierto, pero una niña de vuestra condición no puede andar por el mundo sin que alguien la proteja y la guíe. Además, recuerdo que todas vuestras riquezas se hallan en manos de Hugo, por lo que no os conviene abandonar su autoridad en forma que a él le sea violenta. En esas condiciones, ¿a dónde podréis ir si no es a Kirkless?

Mariana miró hacia abajo y se sonrojó.

—Me hallo entre hombres honestos y leales; lo he visto, a pesar de todas las historias que he oído sobre Robin Hood y su banda... Pues bien, ¿no podría quedarme aquí con vosotros?

Robin se acercó más a la niña y la miró fijamente a los ojos.

—Sería para nosotros un galardón muy grande y una dicha sin límites tener a semejante personita a nuestro lado; pero el bosque es una vida muy dura para el que no ha nacido en él y, sobre todo, para quien ha estado acostumbrado a ser mimado y a toda clase de comodidades... Pronto os cansaríais de la selva...

—Amigo Robin, he obtenido mi libertad por la acción de unos hombres buenos, y tengo derecho a exigirles que me den refugio y amparo.

—¿Qué piensas tú de esto, Juan? ¿Podremos tener en la selva una flor tan bonita?

—Buen gigante — interrumpió la niña dirigiéndose al "pequeño" Juan —, aboga por mí para que tu jefe acceda a lo que te pido. Tengo buenos conocimientos de medicina y el arte de curar las heridas; ¡sé guisar como el mejor cocinero del rey y lo haré con mucho gusto para vosotros!...

—Bien, Robin, ahí está la mujer de Scarlett que puede hacerle compañía, y si es cierto que sabe de medicina, que vaya viendo qué le puede suministrar a la lengua de esa señora para que no sea tan amarga. Quizá así el būeno de Will tendrá días aguantables...

—La vida en Sherwood no puede ser peor que en Evil Hold. Pensad, Robin Hood, lo que hubiese sido de mí si no me arrebatáis de las manos de Gisborne — insistía Mariana.

—¡Si consiento en que os quedéis y la vida os resultara peor que la que os esperaría en Evil Hold, yo iría a ver al sheriff de Nottingham y le pediría que me colgara!

La resistencia de Robin estaba aflojando, como iba entregándose su corazón a la dulzura y los encantos de la niña.

—Cierto es — dijo Robin reflexionando — que si volvierais a Kirkless, Hugo os entregaría sin remedio al lobo de Isambart —. El pobre arquero estaba buscando razones para convencerse de que no cabía más que guardar a Mariana entre su gente...

—La selva es el único lugar seguro para mí — decía, terca, Mariana —. Y creo que ya nos deberíamos poner en marcha, no sea cosa que regrese Gisborne con refuerzos y os dé trabajo...

Ya decidido a tener consigo a la pupila del abad, Robin sintió que se le alivianaba el alma y experimentó una franca y contagiosa alegría.

—Si Guy y sus terribles guerreros son el único peligro, que vengan, pues nos brindan trabajo fácil —. Y dirigiéndose a la hermosa niña, "bandida" desde ese instante, le dijo con un entusiasmo que delataba un sentimiento más pujante:

—¡Seréis la reina de Sherwood, Mariana! ¿No os parece lo mismo a vosotros? ¿No sería la reina perfecta para gobernar nuestra banda?

El "pequeño" Juan tiró su sombrero por los aires y gritó con toda su voz:

—¡Tres hurras por la reina de Sherwood!

Los muchachos corearon los hurras con tal vigor que por poco son oídos desde la Abadía de Santa María por el propio tutor de Mariana...

Robin se acercó a Mariana y le tomó una mano.

—Recordad — le dijo — que en esta selva hay

también un rey; ¿queréis ser reina de mi corazón como ya lo sois de Sherwood?

La gentil y animosa niña no vaciló un segundo para contestar:

—¡Ya lo creo, porque en mi vida he visto un hombre como vos y, además, porque os debo mi libertad, mi vida y mi honor!...

Robin dió orden de iniciar la marcha hacia el refugio de la banda. El marchaba al lado del palafrén de Mariana, sumidos ambos en la tonta conversación de los enamorados...

De repente, cortando el tierno diálogo, el "pequeño" Juan exclamó:

—¡Qué suerte, Robin, que tengamos al fraile Tuck en la banda, porque él os puede casar sin que tengamos que ir a pedirle un cura al padre Hugo!...

A los pocos días de hallarse Mariana compartiendo la vida de los alegres compinches de Robin, se hizo el casamiento con una gran fiesta en la que se gustaron los más delicados guisos del fraile Tuck.

Corrió la voz entre los campesinos, y por ellos llegó a los feudos de que el hombre fuera de la ley, que era Robin Hood, se había casado con una de las más ricas herederas del condado y que ésta era para el proscripto la esposa más cariñosa que un hombre nunca pudo soñar. Isambart

de Bellame recibió el golpe como buen luchador, y decidido a cobrarse la pasada, no atacó al
pronto a Robin Hood, pues recordaba lo que
le había costado una famosa expedición contra
él por cuenta del padre Hugo, y esperaba su
oportunidad, que no tardaría en presentarse.

XI

HUGO DE RAINAULT MALGASTA EL DINERO

Pero el padre Hugo, a pesar de temer a Robin como a la peste, tenía razones muy poderosas para no querer esperar la oportunidad... Mariana estaba muy cerca de llegar a la mayoría de edad, y ese mismo día ella podría disponer a su antojo de las tierras y demás bienes que había heredado de sus padres, y todo quedaría perdido para él.

Decidido a terminar con el azote que Dios le había enviado bajo los mortales ropajes de un arquero proscripto, una mañana lió petates y, con la compañía de un par de frailes de su Abadía, se marchó a ver a su hermano Roberto de Rainault, sheriff de Nottingham, con el propósito de coaligarlo en la lucha contra Robin Hood, en quien él veía el único obstáculo para que los bienes de Mariana quedasen en sus manos.

Generalmente, cuando el abad de Santa María se ponía en viaje, lo hacía seguido de una multitud de criados y algunos hermanos menores para su personal de servicio; pero, esta vez, tratándose de una empresa que le convenía mantener en el mayor secreto posible, prefirió hacerlo sin pompa ni ostentación. Púsose con un par de hermanos, como decimos, en viaje, al amanecer, en la esperanza de no ser visto por los hombres de Robin al pasar por los caminos adyacentes a la selva de Sherwood; en caso de ser sorprendido, quizá pasara sin llamar la atención, aparentando ser tres pobres frailes en busca de un sitio donde poder desempeñar su ministerio.

Llevaba, para pagar a los hombres que su hermano Roberto quisiera darle, bien llenas de monedas de oro las faltriqueras de los hermanos que lo acompañaban...

Las alamedas que formaban los caminos que convergían en Nottingham ofrecían a los viajeros un aspecto apacible; el día era hermoso y palpitante la esperanza de que Roberto de Rainault sería generoso en la ayuda contra Robin; pronto llegarían a la ciudad y el padre Hugo se sentía contento; tanto que comenzó a canturrear y a jaranear con sus acompañantes.

—Otra hora más y podremos descansar en casa de mi hermano. ¡Estas bestias tienen un andar

tan malo que ya tengo los huesos molidos!...
— se quejaba después.

—Ciertamente, señor abad — respondió el hermano Anselmo —, un buen vaso del sabroso vino de Roberto de Rainault nos pondrá como nuevos después de este largo viaje.

Apenas había terminado de decir la última palabra, cuando sintió que una mano dura se apoderaba de las riendas de su mula y la detenía en seco.

—¡Atrás, amigos, que somos hombres de Iglesia!

Robin apareció de entre los árboles rodeado por doce de sus secuaces.

—Baja al opulento y poderoso abad de su mula, Will, y déjanos solos para conversar.

—¡Pero esto es un ultraje, un sacrilegio! — exclamó el padre Hugo en el colmo de la indignación.

—Posiblemente, pero no más grave que el que usted cometió al mandar a una joven inocente a convertirse en víctima de una bestia como Isambart de Bellame. ¡Bájalo de la mula, Will, y tómalo de las orejas si se resiste!

Pero no fue necesario, porque el padre Hugo, viendo que todo esfuerzo sería inútil, optó por hacerlo sin "ayuda". Prontamente fue imitado por los dos hermanos.

—Buen Robin — informó entonces el "pequeño" Juan —, me parece que hemos hecho una
buena redada. Estos individuos hicieron ruido de
monedas al bajarse de sus mulas; deben tener bien
forrados los bolsillos...

—¡Cuidado con tocar ese dinero! — gritó el
abad —. ¡Es sagrado, pues está destinado al rescate del rey Ricardo!...

—¿No es una vergüenza que mientan los labios de un ministro del Señor? — preguntó Robin con una sonrisita protectora —. Habéis de
saber, señor abad, que uno de mis hombres se
enteró ayer de que ese dinero estaba destinado a
pagar gente para darme caza...

—¡Robin! — gritó Much, que en ese instante
registraba al segundo hermano —. ¡Este otro cura lleva más monedas de oro que el otro todavía!...

—Bueno — ordenó Robin —, vacíen las faltriqueras y cuenten lo que suma todo. Con eso sabemos en cuánto justiprecia el padre Hugo mi
existencia por estos bosques; creo que no será
poco.

Y mientras el padre Hugo maldecía de la mala
suerte que lo había echado al demonio con sus
proyectos y que le iba a costar tan caro, los dos
hermanos rezaban fervorosamente el rosario, en-
comendándose a todos los ángeles del cielo antes

de entregar sus almas a Dios, pues serían asesinados al cabo de quién sabe qué horribles tormentos.

La "voluntaria colecta" fue recogida en el sombrero del "pequeño" Juan, que se llenó totalmente, a pesar de su amplitud, con las cuatrocientas cincuenta monedas de oro que componían el haber del abacial trío.

—¡Tasar tan bajo la vida de vuestros jueces es un insulto, padre Hugo; hay que tener en cuenta lo poco que nos toca por cabeza, pues nosotros somos sesenta! ... — le dijo Robin al abad en tono de ofendido reproche.

—¡Búrlate, búrlate, que ya te colgarán por esto! — le contestó furioso el sacerdote, apretando los dientes.

—Pero nosotros también podemos levantar aquí una pequeña horca... — dijo con sorna el "pequeño" Juan.

—Vosotros no os atreveréis a ponerme una mano encima, ¡sacrílegos ladrones! — exclamó el padre Hugo, con lo que demostraba tener verdadero coraje, ya que sabía lo que podría esperar de sus asaltantes.

—Nos atreveremos a tanto como os atrevéis vos con los infelices a quienes despojáis de sus tierras, sus bienes y su libertad, con los más fútiles pretextos. Por lo pronto, en castigo por mentirnos respecto al destino de ese dinero que llevabais para pagar mercenarios que enviaríais contra mí, será el de mandarlo precisamente, y como participación de mi banda, al fondo de rescate del rey Ricardo. ¿Qué opináis vosotros, muchachos?

—El más noble uso que pudiera dársele —opinó el "pequeño" Juan —, porque al rico abad de Santa María le será fácil reunir de nuevo esa cantidad para enviarla de su parte para el rescate...

—¡Ladrones, devolvedme mi oro!

—¿Por qué ladrones? Nosotros no hacemos más que darle a ese oro el destino que vos mismo dijisteis que tenía... ¡Destino que nos complace sobremanera, pues con el regreso del rey Ricardo se habrán terminado vuestras perrerías!...

—¿Y encima te atreves a insultarme, villano?

—¡Basta ya, escoria de la Iglesia! ¡No olvidéis que tengo conmigo hombres que con mucho gusto os darían contra el suelo de un solo golpe! ¡Montad en vuestra mula e idos, que así habrá lugar en la selva para la gente decente!

Hecho a todos los golpes, el padre Hugo se resignó, salvando la vida, y subió a su acémila murmurando:

—¡Cuatrocientas cincuenta monedas de oro y el tiempo perdido!...

Robin sonrió al oírlo y, como despedida, le dijo:

—¡Id tranquilo, abad, id tranquilo, que muy pronto estará aquí el rey Ricardo y contento de vos y de vuestra Abadía que tan eficazmente lo ayudasteis a que comprara su libertad!... Y ahora, ¡idos pronto, antes de que me arrepienta y os ahorque!...

Muy diverso estado de ánimo llevaban los tres hombres de Iglesia cuando, cabizbajos, retomaron el camino de Nottingham. El amo, lleno de furor reconcentrado, maldecía en alta voz el momento en que tuvo la mala idea de aventurarse sin escolta de armas por esos caminos pretendiendo burlar la vigilancia que en ellos ejercía Robin y llevando tal cantidad de dinero; no era hombre de amilanarse, pero sí de lamentar con todo el corazón una pérdida material... Sus pobres acompañantes, en cambio, daban gracias a Dios por haberlos sacado del trance sin mengua para su integridad física. El amo iba rabiando, los servidores, contentos; uno había perdido lo que más quería: el dinero; los otros habían salvado el único bien que poseían: la vida.

Pensó en un principio el padre Hugo regresar a la Abadía de Santa María, mas luego reflexionó y creyó que con habilidad dialéctica podría convencer a su hermano Roberto, para que éste le diera los hombres que necesitaba, recibiendo la correspondiente paga después. Resolvió, por lo tanto, entablar la discusión con su hermano y a Nottingham dirigió sus pasos.

Mientras tanto, Robin hacía un prolijo fardillo con las dos bolsas de monedas que tan bonitamente había quitado al abad, y dos días más tarde un desconocido las entregaba a un receptor de rentas del rey, en la ciudad de York, con una tarjetica que decía: "Estas cuatrocientas cincuenta monedas de oro han sido recolectadas en la selva de Sherwood por mí, Robin Hood, y deben ser destinadas al fondo de rescate de nuestro buen rey Ricardo, a quien Dios guarde. Y yo, Robin Hood, ordeno que sean usadas para eso y no para ninguna otra cosa. ¡Guay de quien disponga lo contrario!"

* * *

La aventura corrida por el orgulloso y cruel abad de Santa María rápidamente estuvo en boca de todo el mundo en los condados de York y Nottingham, entre cuyos campesinos y artesanos la fama y simpatía de Robin Hood como "desfacedor de entuertos" y distribuidor de justicia iba creciendo como el odio que se tenía a Hugo de Rainault. Al saberse que el dinero destinado al poco simpático fin de dar caza a un hombre que era llamado "el protector del pobre y del oprimido" había sido desviado por este mismo, a la fuerza, a una altruísta acción como lo era el rescate del popular rey Ricardo Plantagenet, una ola de entusiasmo se levantó entre los pueblos y la adhesión al arquero del bosque de Sherwood fue unánime e incontrarrestable. Además, los comentarios estaban cargados de una hilaridad que a buen seguro ninguna gracia hubiera causado al irascible e indigno sacerdote, que muy bien sabía que nada hay tan eficaz para voltear soberbias como el ridículo. Cuando un pueblo sojuzgado pierde el miedo y comienza a reír, ¡ay de los tiranos! . . .

XII

LA CRUZADA
DE ROBERTO DE RAINAULT

UNA vez en casa de su hermano Roberto de Rainault, sheriff de Nottingham, el padre Hugo narró a aquél toda su aventura, sin omitir más que la razón verdadera del viaje. Así convenía a su habilidad de leguleyo...

—No se trata solamente del peligro que la existencia de este hombre significa para todo viajero, pues a cualquiera le puede pasar lo que me pasó a mí, sino que su osadía ha llegado a herir mis intereses, que en cierto modo son también los tuyos, puesto que serás mi heredero, y a menoscabar y poner en riesgo de perderse del todo mi autoridad de patriarca de este condado.

Y, a continuación, narró a su hermano el rapto de Mariana, que había echado al traste sus proyectos para quedarse con parte de la sabrosa herencia de la niña, compartiéndola con el señor de Bellame.

—Tú comprenderás — terminó — que cuando esa niña llegue a la mayoría de edad dispondrá de todo lo suyo de acuerdo a las exigencias del bandido que ha sabido apoderarse de su voluntad y, según me han dicho, también de su corazón. Ya ves que, si no es rescatada rápidamente todo estará perdido para nosotros. Y esa es tarea tuya, que dispones de la fuerza necesaria...

—No es tarea de niños; sobre todo cuando se recuerda la historia de aquellos cuarenta y siete hombres al mando de Gisborne despojados de sus armaduras y paseando en camisa por las calles de la ciudad...

—Eso pasó porque mi mayordomo es un tonto. El fue quien se dejó quitar a Mariana cuando la llevaba al castillo de Bellame; pero si lo intentaras tú personalmente, hermano mío, sería otra cosa...

—¿Y cuánto pagarías por los hombres?

—Pondré en la empresa unas doscientas monedas de oro...

Roberto movió negativamente la cabeza.

—Hay cincuenta ofrecidas para el individuo que dé caza a Robin; doscientas es poco.

—Bueno, aumentaré a trescientas, siempre que también se rescate a la joven...

—Aún es poco; fíjate que se necesitan unos cien hombres para hacer el trabajo sobre seguro.

—Pongamos cincuenta más...

—Por cuatrocientas, ni un cobre menos, le daré caza a tu hombre — cortó Roberto secamente.

148

—Las tendrás — aceptó, resignado, el abad —. De alguna forma me he de valer para sacárselas a los tributarios de la Abadía... Pero tú mismo deberás mandarlas buscar, porque yo no atravieso de nuevo el bosque con dinero y sin una buena escolta.

—Las mandaré buscar antes de iniciar la caza de Robin — aseguró el barón Roberto —. No moveré un solo hombre sin ver antes el color de tu oro.

Eso era precisamente lo que no quería el padre Hugo; hubiera preferido pagar cuando Mariana estuviera de regreso en la Abadía, pero no ignoraba que su hermano, en materia de dinero, era más irreductible que él, y tuvo que transar. Volvió a la Abadía con una buena escolta, sin ser molestado esta vez.

Por su parte el sheriff, a pesar de presentar exageradamente a su hermano las dificultades de una lucha abierta y decidida contra Robin, no creía que éste contara con más de unos treinta y cinco o cuarenta hombres, pues ésa era, más o menos, la cantidad con que siempre se había mostrado acompañado. Además, la gente siempre exageraba... De modo que con ochenta hombres bien armados tendría más de los necesarios, yendo él de jefe, para limpiar la selva de Sherwood.

Mientras Roberto de Rainault tomaba las provisiones necesarias, Robin era informado de los propósitos del sheriff, y hasta se puede decir que conocía los nombres de los que formarían parte de la expedición cinegética organizada contra su persona...

Roberto de Rainault, que no era tonto, conociendo lo que había pasado en una oportunidad semejante a Guy de Gisborne, dividió sus fuerzas en dos alas, poniendo una al mando de Huberto, su hombre de confianza y su mejor arquero, reservándose la otra para su mando. Cada columna debía internarse en la selva por distintos sitios.

Huberto tomó el camino más directo, mientras el sheriff llevaría sus cuarenta hombres dando un rodeo por la Abadía de Santa María. El encuentro entre ambas columnas se realizaría frente a la Dark Mire, una gran ciénaga situada en la entraña de la selva.

El día era extremadamente caluroso y, a pesar del espeso boscaje que cubría todo de densa sombra, los hombres del sheriff llevaban una penosa marcha, sudando a chorros dentro de sus armaduras.

Ojos vigilantes los observaban en su ir y venir, sin que ellos encontraran, en todo el día, más alma viviente en el laberinto de la selva que un par de andrajosos carboneros, que negaron terminantemente tener nada que ver con Robin ni nadie de su banda, pero que informaron que un cura muy corpulento y gordísimo les había dicho que vió al arquero en apresurada marcha hacia Yorkshire al saber que el sheriff había penetrado en la selva en busca suya.

—¿Un cura muy gordo y en la selva? — preguntó Roberto de Rainault —. Ese sólo puede ser el fraile Tuck, que forma parte de la banda del proscripto, no me cabe la menor duda. ¿Qué dirección llevaba el fraile cuando lo viste?

—Hacia el norte — contestó sin vacilar el carbonero —, y dijo que él también se dirigía al condado de York. Aunque muy bien pudo haberme mentido, señor...

—Mira, amigo — dijo el sheriff —, esta noche debo encontrarme con otros tantos hombres como los que aquí ves al borde de la Dark Mire, y si alguno de vosotros llega a averiguar algo más sobre la banda de Robin, que me lleve la noticia y se ganará una buena moneda de plata.

Acto continuo ordenó seguir la marcha, dejando a los carboneros entregados a su dura labor.

Tan pronto como el último de los hombres del sheriff se perdió de vista, Scarlett y Much — pues eran ellos los carboneros — se fueron en busca de Robin, que se hallaba muy cerca con cincuenta de los suyos. La conversación de los falsos carboneros con el sheriff fué festejada con entruendosas risotadas, tomando buena nota de los datos obtenidos.

—Déjalos que busquen hasta que los rinda el cansancio. Esta noche también nosotros estaremos en la Dark Mire. ¡Scarlett y tú, Much, sois un par de espías maravillosos! . . .

—¡Lo que es Much es un bribón insolente! ¡Fijaos que atreverse a llamarme gordo! Si no fuera por mis sagradas vestiduras te demostraría que en mi cuerpo no hay una gota de grasa, todo es músculo. Grande puedo ser, pero gordo no, como lo comprobarás cuando te dé el golpe que te has ganado. . .

—Mi buen fraile — exclamó Much, jocoso —, si quieres, podemos hacer un rato de entrenamiento mientras el sheriff continúa su ejercicio en busca nuestra. . .

—Prepárate bien — aceptó el fraile sin más ni más —; empieza tú.

Much no se hizo rogar y aplicó un bárbaro puñetazo, que hizo trastabillar al corpulento fraile.

—Ahora llegó mi turno —. Tuck respiró hondo, se recogió las mangas de la túnica y golpeó. El puñetazo tendió a Much en el suelo, donde quedó semidesvanecido durante un rato —. Eso no fue más que una muestra — agregó el fraile al ayudarlo a levantarse—. Si realmente te hubiera pegado con todas mis fuerzas, te hubieras quedado dormido en el suelo durante tres días.

Festejado con risas el rápido encuentro de pugilato, el "pequeño" Juan opinó:

—Ahora podríamos rondar un poco...

—No, aun no, porque Huberto deberá pasar por aquí dentro de un momento. Ocultémonos hasta que haya pasado; quiero que por hoy el sheriff encuentre la selva completamente vacía.

Huberto y sus fuerzas se acercaron al lugar a los pocos minutos. Pasaron hablando animadamente en alta voz.

—Es un crimen haber dedicado tan pocos hombres para este trabajo — decía uno.

—Ciertamente — asintió otro —, porque se necesitaría llenar el bosque con un ejército para hallar a esa gente. Además, sé que andamos descaminados; la guarida de Robin está lejos de aquí; es hacia el oeste, un par de millas largas más allá de la Dark Mire.

En ese instante pasaban cerca de un matorral en el que se hallaban ocultos Robin y el fraile.

—Ese hombre sabe demasiado — dijo hablando bajísimo el primero.

Pero el finísimo oído de Huberto oyó la voz,

y con la rapidez que es característica de la gente que sabe mandar, ordenó:

—¡Rodeen ese montículo, pronto!

Pero era tarde; más veloces que sus hombres fueron las piernas de Robin y Tuck.

—Es un hombre listo ese Huberto — comentó Robin — y si llegan a avanzar esas dos millas después de pasar la Dark Mire, tendremos que pelearlos...

—Está muy próxima la puesta del sol, de modo que no creo que eso suceda hasta mañana. Después de una buena comida se pelea mejor... — insinuó el fraile tragón.

—No, prefiero que nos apresuremos a tomar posiciones en el lugar de la cita antes de que llegue la noche... ¡Vamos!

* * *

Cuando Huberto y su gente llegaron al lago, hallaron al sheriff de pésimo humor y mal talante por el día perdido en infructuosa búsqueda, el cansancio y el desánimo que preveía en los suyos.

Unidas las dos columnas expedicionarias, acamparon para pernoctar. Después de una buena comida se echaron a descansar, con un buen número de centinelas de vista.

Descendió completamente la noche y las tinieblas se cargaron de los seculares misterios de una selva ya de suyo truculenta. Los hombres de Roberto de Rainault miraban hacia la espesura como queriendo horadar la masa negra de la noche sin un solo rayo de luna que consiguiera filtrarse entre el follaje de los árboles. En sus espíritus simples, se sentían rodeados de demonios y de toda la variedad terrorífica de entes malignos, que la fantasía popular se complacía en pintar con los más vivos colores. Y comenzaron a contarse entre ellos las más extravagantes historias sobre las desgracias que habían sufrido los que se aventuraron a pasar una noche en las profundidades de la selva...

—Un viejo me contó que en el agua de esta ciénaga viene a apagar su sed un dragón.

—Sí, es cierto, pero esa bestia del infierno nunca ha hecho mal a nadie, o por lo menos nunca se supo. En cambio, está la desgracia que le ocurrió en este sitio donde nos hallamos a Smith de Barnsdale. Parece que unos duendes se apoderaron de él mientras dormía y lo ataron a un árbol, dejándolo así toda la noche; a la mañana siguiente estaba tan bizco de terror que ahora ni él sabe para qué lado mira...

—Y también está mudo desde ese día — afirmó otro echando su cuarto a espadas.

—¿Y cómo se enteró la gente de lo que le pasó si él no lo pudo contar?

La contestación fue interceptada por una risita que salió de la espesura, pero como de varias partes a la vez...

Largo rato pasó sin que ninguno de los hombres se atreviera a hablar o a moverse. Al fin, el más animoso dijo, en un susurro, denunciando con el temblor de su voz el terror que lo embargaba:

—¡Estos son anuncios! ¡Ahora seremos hechizados, a no ser que venga el dragón y nos devore!

Y las risitas enervantes aumentaban... Robin había distribuído muy estratégicamente a sus "reidores"...

Pero el sheriff, aunque no fuera menos supersticioso que sus asalariados, creyó de su deber tranquilizarlos y les gritó, haciendo un esfuerzo para que su voz pareciera serena:

—¡No hay nada que temer, muchachos! Son los mismos bandidos de Robin Hood que tratan de asustaros como lo hicieron con Guy de Gisborne y sus hombres! ¿No veis que lo hacen por no atacarnos porque son muchos menos que nosotros?

Como un eco de la estentórea voz del sheriff, que al final del discurso había llegado a ser normal y hasta valiente, por todos los ámbitos del bosque resonó una carcajada estridente y burlona. A pesar de su tranquilizadora arenga, el sheriff comenzó a temblar de miedo, y daba diente con diente, mientras que sus hombres se apretaban unos contra otros, ya perdido todo control, formando una sola masa y dirigiendo las espaldas hacia la lobreguez que los rodeaba, helada la sangre en las venas y extraviadas las miradas.

—¡Esa no es risa de ser humano! — exclamó uno en el paroxismo del terror. —. ¡Son quejidos de ultratumba!

El sheriff hizo la señal de la cruz lamentando no haber traído consigo un cura. En un lampo desfilaron por su mente las comodidades de su palacio de Nottingham, el amplio lecho bien mullido, los suculentos manjares de la bien tendida mesa, su buena y hermosísima mujer. . .

A pesar del miedo, y casi sin poder hablar, insistía en infundir ánimo a su gente.

—¡Te. . . te. . . tengan co. . . coraje, hombres! ¡Que. . . que. . . que son los bandidos que quie. . . quieren asustarnos!

—Y que ya lo han conseguido hacer contigo, ¡mala pécora! — refunfuñó uno que por lo visto había conservado un poco de serenidad de juicio.

Al rato amainaron las risas misteriosas — sin duda Robin quiso dar un descanso a los muchachos —, con lo que volvió un poco de serenidad a los espíritus de la "valiente" tropa de Roberto de Rainault.

Tanto que, dispuesta una vigilancia especial de ocho hombres en torno al campamento, el grueso de la tropa trató de descansar, confiados en que los centinelas darían la voz de alarma en cuanto viesen u oyesen algo que les llamara la atención.

Mas a poco recomenzaron las risitas, pero más espaciadas, como si sólo quisieran mantener viva la nerviosidad de aquellos pobres guerreros mercenarios.

Entre el temor supersticioso y la seguridad de que se trataba de Robin, el sheriff no sabía a qué atenerse ni cómo obrar. En un momento de reflexión y haciendo de tripas corazón quiso intentar una salida para investigar el origen del asunto, pero no encontró voluntarios que lo acompañaran. Y, francamente, para ir solo...

Decidió entonces quedar atento a cualquier alarma de los centinelas. Dos horas después tomó ocho hombres y salió a recorrer los puestos para cambiar las guardias... ¡Cuál no sería su sorpresa al comprobar la desaparición de los centinelas, que habían sido substituídos por sendos muñecos de paja!

Haráse cargo el lector del efecto que la misteriosa desaparición produjo entre los despavoridos guerreros de Roberto de Rainault...

—¡Ahora nos tocará a nosotros! — se decían —. ¡Cuando llegue el día estaremos todos bizcos como Smith de Barnsdale o poseídos por el demonio!

Una especie de locura colectiva comenzaba a cundir entre aquellos infelices...

XIII

EL REGRESO
DEL SHERIFF

En esas condiciones era inútil que el sheriff tratase de substituir a los centinelas desaparecidos, por lo que todo el mundo debió pasar la noche "velando las armas" como Don Quijote en la memorable venta. Esos hombres no eran cobardes, sino supersticiosos. Ante un enemigo ordinario su reacción hubiera sido, aun de noche y en la selva, la normal de un hombre de valor, pero ante las fuerzas sobrenaturales la cosa cambiaba de aspecto, y eran capaces de perder todo pudor y huir como gallinas.

En un momento de calma y cuando algunos de ellos habían comenzado a ceder al sueño, alguien vió una forma rara "que volaba sobre las fangosas aguas de la Dark Mire, posándose, después de dar un rodeo, en un determinado sitio de la espesura".

Hasta dónde era ilusión o realidad lo del vuelo sobre la ciénaga, nadie lo podría decir, pero "todos lo vieron cómo a esa sombra alada seguía otra y luego otra más, hasta cinco, que se unieron en el sitio elegido por la primera".

—¡Los bandidos, al fin! ¡Levantaos y corred hacia ellos!

Y dando el ejemplo, Roberto de Rainault corrió hacia el sitio en que debían hallarse aquellas sombras con la espada en ristre. Detrás del amo arrancó a correr Huberto, libre ya de la pesadilla de enemigos invisibles y fantásticos. Ahora lucharía contra hombres y se sentía animado a hacerlo con gallardía.

Un buen par de minutos tardaron los hombres del sheriff en reaccionar ante la orden; quedáronse ese tiempo mirándose unos a otros como alelados, irresolutos. Cuando al fin se decidieron a concurrir al sitio por donde se habían internado su jefe y Huberto, éstos habían desaparecido como tragados por la tierra.

¿Qué había pasado? Al llegar al sitio en que el sheriff y su segundo creyeron encontrar a cinco, por lo menos, de los proscriptos de Robin, una gruesa tela les había envuelto la cabeza y un vigoroso golpe los había dejado sin sentido antes de que pudieran decir una sola palabra. Rápidamente atados y amordazados, fueron conducidos a marcha forzada, a la guarida de la "banda de justicia" que respondía al rey de Sherwood.

La gente del sheriff quedó desconcertada al comprobar la desaparición de su amo. Pesando sobre ellos el supersticioso pavor que se había adueñado de sus voluntades durante toda la noche, es natural que ni uno solo pensara en que la desaparición fuese obra de los hombres. Nada de extraño tiene que en los primeros momentos a nadie se le ocurriera hacer nada en favor de la desventurada pareja que había caído en manos de los malos espíritus. Apretaron filas y en neurótico desvelo, armados hasta los dientes, esperaron el alba...

¡Cómo tardó ésta en llegar! Pero al fin emperazon a filtrarse por entre el follaje de los árboles los primeros rayos de luz matinal y entonces se desataron las lenguas... Todos hablaban al mismo tiempo; todos querían dar su opinión sobre los temores de la noche toledana que acababan de pasar. Alguien insinuó algo sobre lo que debería hacerse frente a la desaparición de los jefes, y comenzaron las consultas y las discusiones.

Algunos opinaban que había que agotar todos los recursos antes de dar por irremisiblemente perdidos al sheriff y su segundo; otros, que era mejor quedarse donde se hallaban, porque si aquéllos conseguían libertarse de los malos espíritus que se habían apoderado de ellos, volverían a ese lugar y no se hallarían solos; los más, eran partidarios de regresar a Nottingham, "pues los hombres que son presa del demonio no vuelven a la humanidad".

—El dragón de la ciénaga se lo ha tragado —
dijo uno.

—El dragón no puede haber sido — le rebatie-
ron —, porque el dragón ruge y echa fuego por
los ojos y nosotros no hemos oído ni visto nada
de eso; han sido los duendes, os lo aseguro...

—Fue simplemente un encantamiento — soste-
nía un tercero —, y del que también nosotros seremos víctimas. Nos conducirán por un laberinto
hasta muy profundamente dentro de la tierra o
por el hueco de un árbol gigante, y volveremos
a salir a la superficie convertidos en jabalíes o
en cerdos...

—¿Así que tú crees que ya no podremos salir
de esta selva?

—Tal creo — respondió el tétrico augur — y,
por lo tanto, me parece que, ya que no podemos
defendernos, deberíamos buscar a nuestro amo y
a Huberto para estar todos juntos en la desgracia.

—¿Y por dónde los buscaremos? ¿Y a cuál primero, al sheriff o a Huberto?

Se renovaron sobre esto las discusiones, y como
lo que más, por no decir lo único, que en realidad
deseaban era volver a Nottingham, o intentarlo
por lo menos, ya que había quien aseguraba que
estaban condenados a morir en la selva, se resolvió
que como no habían visto ni rastro de Robin y
los suyos, nada les quedaba por hacer ahí y debían

ir a dar cuenta de la desaparición del sheriff.

Se puso en camino la triste caravana de setenta hombres, corridos por la vergüenza, muertos de sueño y de cansancio y descentrados por la larga noche de terror.

Al llegar a Nottingham tuvieron que aguantar la furia de la mujer del sheriff, que los llenó de improperios por no haber sabido defender a su marido, el amo del condado.

—¡Pero el barón no fue atacado por los hombres, señora! ¡Manos invisibles se lo llevaron! Allí no había ningún ser viviente; ¡os lo juramos!

—¿Manos invisibles? ¡Misericordia divina! — gritó la dama —. ¡Qué oigo!

—Yo creo que ese Robin Hood ha hecho pacto con el diablo (había que inventar una teoría) porque alcanzamos a ver — aventuró uno — unas figuras que volaban sobre el pantano produciendo un ruido parecido al de un fuerte aleteo; además, unas risas de duendes que seguramente se reían pensando en que pronto se apoderarían nada menos que del sheriff de Nottingham y muchas otras cosas del infierno; y ahora me pregunto yo: ¿cómo es que a ese condenado proscripto, ni a los bandidos que lo acompañan, no les ocurre daño alguno viviendo, como viven, permanentemente en la selva?

—¡Dios mío! — se lamentaba a gritos la señora —. ¡Vuestra cobardía ha permitido que mi marido fuera ahogado por los demonios en la ciénaga!

Y durante un par de horas continuó la amilanada tropa de "cazadores de arqueros" recibiendo el generoso chubasco de quejas de la buena señora.

Pero eso no era nada comparado con el mal trago que les esperaba con la mujer de Huberto. Esta chilló en tal forma, que sus gritos por poco no se oyeron en todo el condado, que experimentó una verdadera conmoción al enterarse de la funambulesca desaparición del primer magistrado de la ciudad y nueve de sus hombres.

Pronto se habló de organizar una nueva expedición en la que debían formar, como en un llamado para la guerra, todos los hombres que se hallaran en estado de tomar las armas, pero con la misma rapidez con que fue concebida la idea, se olvidó... La supresión de un odiado gobernante por un real amigo del pueblo no era cosa que afligiera mayormente a nadie...

La hermosa mujer del sheriff, en la presunción de su viudez, encargó cuatro túnicas de rica seda negra con adornos de armiño para el luto.

Mientras en Nottingham se murmuraba, haciéndose sobre la aventura corrida por el sheriff los más variados y caprichosos comentarios, éste,

Huberto y los ocho cautivos de Robin, todos convenientemente atados y justificadamente atemorizados, presenciaban los preparativos para un sabroso almuerzo que debía llevarse a cabo en la guarida del proscripto.

Estaban los diez en el convencimiento de que serían colgados antes del almuerzo, y pensaban en el mejor modo de ponerse bien con Dios cuando Robin ordenó que fueran desatados para que pudieran caminar con mayor libertad, pues "había llegado la hora de comer". . .

—Pero ¡cuidado con intentar la fuga, porque hay aquí muchas flechas que están buscando el camino de vuestros corazones! — Y dirigiéndose al sheriff le dijo: — Haré que den de comer a vuestros servidores; vos lo haréis conmigo.

—¡Nunca haré eso! ¿Cuándo has visto a un señor sentado a la mesa de un bandido? — le dijo fieramente Roberto al rechazar la invitación.

—¡Pues os moriréis de hambre y además ayudado a latigazos por descortés! ¿Qué elegís?

Ante la amenaza, los humos de Rainault se aplacaron como por ensalmo.

—Ya que no hay elección, comeré contigo — contestó rápidamente.

Tomaron todos asiento en torno a una mesa que, en materia de abundancia y calidad, a la de ningún señor tendría envidia. La gentil Mariana, que la presidía, reforzó para con Roberto de Rainault las atenciones debidas a todo invitado, pero el apetito del sheriff estaba considerablemente disminuído...

Cuando la voracidad del "pequeño" Juan y el fraile Tuck estuvo satisfecha, lo que es suficiente decir para ponderar la excelencia del banquete, Robin se sentó frente al sheriff y le dijo:

—Aquí tenemos la costumbre de cobrar todo, hasta el almuerzo, y el honor de hacerlo en compañía del rey de Sherwood —. Y volviendo la cabeza hacia el fraile Tuck, añadió: — ¿Cuánto calculas tú, padre Tuck, que debe el sheriff?

—En vista de que es hombre rico, que pague la suma que había ofrecido él por tu cabeza...

—¿Qué opinas tú, "pequeño" Juan?

—Me parece una gran idea la del fraile; que nos dé las cincuenta monedas de oro o lo ahorcamos.

—Pero yo no llevo encima cincuenta monedas de oro — repuso el sheriff.

—Eso se arregla — afirmó Robin —; si estáis conforme con la suma iréis a buscarla dejándonos a Huberto como rehén. ¿Qué decidís?

—Peor es la horca — aceptó el sheriff, que, como hombre avisado, vió que no tenía mucho que discutir.

—Bien; entonces jurad sobre vuestra espada

que antes de tres días de haber llegado a Nottingham esa suma será depositada al pie de un cedro seco que se halla al borde de la Dark Mire, muy junto al sitio en que fuisteis capturado.

Mucho repugnaba al sheriff hacer semejante juramento, y estuvo largo rato dudando; mas se decidió al ver la fruición con que el "pequeño" Juan colgaba una cuerda de un árbol, preparando una horca.

—Ahora queda aún algo por hacer — dijo Robin después de recibir el juramento del sheriff —. Mariana, querida mía, alcánzame, por favor, una pluma bien biselada y tinta, con la que nuestro sheriff pueda escribir con claridad.

Tomó una flecha de las de su uso y alcanzándosela al sheriff junto con la pluma y la tinta que ya había traído Mariana, le dijo:

—Escribid en esta flecha vuestro nombre. Muy bien, veo que lo hacéis con serenidad y con el pulso firme. Ahora escuchad: Yo no he cometido ningún delito para que se me persiga como a un criminal; vos habéis puesto precio a mi cabeza alentando con ello un asesinato en el espíritu de la pobre gente necesitada de dinero; habéis venido a buscarme en mi propia morada para darme caza como se hace con un ciervo o con un jabalí; yo he podido mataros y no os he hecho daño alguno ni a vos ni a vuestros hombres; pues bien, os juro, Roberto de Rainault, que tan pronto como volváis o mandéis a alguien contra mí, esta flecha en la que habéis escrito vuestro nombre se clavará en vuestro malvado corazón.

—El oro que exiges estará en el sitio indicado — dijo el sheriff por toda respuesta.

—Huberto queda en mi poder, y en cuanto pasen los tres días, y al pie del cedro no esté el dinero, será colgado. Sé que él una vez mató a un sajón, pero lo hizo por orden vuestra, de modo que es culpable a medias.

—Te digo que el dinero estará donde indicaste y en la fecha que indicaste; más no puedo hacer.

—Hoy mismo, al anochecer, os haré conducir hasta Nottingham, convenientemente vendado.

Esto contrarió al sheriff, que, creyendo que lo llevarían de día y descubierto, tenía esperanza de conocer el camino que llevaba a la cueva del proscripto.

Cuando llegó el momento de partir, lo pusieron atado sobre una mula, le vendaron los ojos y lo entregaron a los solícitos cuidados del "pequeño" Juan, quien con un par de compañeros debía "entregarlo" en la ciudad...

Cuatro horas o más de camino, que al sheriff le parecieron cuatro días, llevaban, cuando el cautivo sintió que le aplicaban un fuerte golpe en la nuca.

Abrió la boca para expresar su indignación por el ataque traidor y le introdujeron en ella un trozo de lienzo a modo de eficaz mordaza.

Un rato más de marcha y sintió que lo bajaban de la acémila, le desvendaban los ojos y lo apoyaban contra una pared.

La obscuridad, o mejor dicho la absoluta falta de visión en que el vendaje le había tenido durante tantas horas, hizo que a la mejor visibilidad de la noche de luna reconociera el sitio en que sus raptores lo habían dejado; eran los bastiones de su ciudad de Nottingham.

¡Junto a su puerta principal los bandidos lo habían dejado, para su escarnio, atado y amordazado!

A la mañana siguiente, cuando el guardián de la puerta la abrió, y fue a echar un vistazo a las inmediaciones, halló un extraño fardo tirado en el suelo al pie del bastión... Era el orgulloso y prepotente sheriff Roberto de Rainault, presentando una figura ridícula, abatido en su altivez y al que no pudo sacar una palabra, mudo de ira y de vergüenza...

Una hora más tarde, todo Nottingham sabía en qué condiciones le había sido devuelto su sheriff.

Y ese mismo día, y cuando ya estaban de regreso en sus casas los ocho restantes prisioneros de Robin, un correo salía de Nottingham apresuradamente hacia la Abadía de Santa María, llevando un pliego de Roberto para su hermano, en el que le pedía su sacerdotal dispensa para no cumplir un juramento que le había sido arrancado por la fuerza.

Estaba demasiado fresca en el recuerdo del padre Hugo la injuria recibida de Robin Hood, para que hiciese ninguna objeción canónica al pedido de su hermano.

Pasaron cuatro días desde aquel en que el guardián de la puerta había hallado al sheriff cuidadosamente embalado, cuando esa quinta mañana, al repetir la diaria tarea de franquear a los mercaderes el acceso a la ciudad, alcanzó a ver, apenas abrió, como a unos cincuenta metros de la puerta, un bulto en el suelo. Fue a recogerlo y vió, con el consiguiente asombro, que era el cadáver de Huberto, estrangulado con un lazo que le habían dejado al cuello y teniendo sobre el pecho un cartel que decía:

A Roberto de Rainault, sheriff del condado de Nottingham:

Vos no habéis cumplido vuestra palabra, pero yo sí la mía. Y os advierto que la flecha donde escribisteis vuestro nombre espera su oportunidad. — ROBIN HOOD.

Poco sentida fue la muerte de Huberto, pues

en vida había sido un villano y la mayoría de la gente se dijo que Robin había hecho un servicio a la humanidad sacándolo de este mundo.

Y aunque el sheriff se prometió vengarlo, recordando además que habría muerto por su culpa, aseguró que eso no se haría llevando a la selva de Sherwood cien hombres, sino cuatrocientos...

* * *

Aunque las hazañas de los hombres no forman leyendas sino después de muertos, la fama de nuestro hombre llegó hasta Londres y se compusieron baladas que cantaban los jóvenes y leyendas que narraban los viejos.

El pueblo del país entero comprendió que Robin y los suyos jamás harían daño a una mujer, a un niño, a un anciano o a un desvalido; y cuando se llegó a saber que las cuatrocientas cincuenta monedas de oro que aquél había arrebatado al abad de Santa María habían sido efectivamente enviadas al fondo de rescate del rey Ricardo, mucha gente altamente colocada pensó que ese "bandido" no debía serlo tanto como se decía...

Cerca del rey Juan alguien opinó que debía levantarse la proscripción que pesaba sobre él y devolverle sus tierras... Pero Robin era muy feliz con Mariana y sus muchachos en la selva de Sherwood.

XIV

LA CAPTURA
DE WILL SCARLETT

Había pasado el invierno inmediato y corría ya la primavera, cuando se supo en la selva que estaba próxima la vuelta del rey Ricardo.

La vida de nuestros amigos proscriptos transcurría feliz y despreocupada, hasta el punto que un día, en medio del más crudo invierno, Mariana había declarado que no cambiaría su choza por el más suntuoso palacio.

De cuando en cuando, la banda hacía una incursión por los caminos, de la que regresaba con sabroso botín arrebatado a algún poderoso normando señalado de antemano y para cuyo ataque no se esperaba más que la oportunidad, algún sacerdote simoníaco o algún comerciante deshonesto. Nunca un despojo que representara un asomo de injusticia.

Robin cuidaba que sus muchachos no estuvieran ociosos, habiéndoles organizado la vida en forma adecuada. Por lo general, en los días buenos se dedicaban a la caza y se desbandaban en busca de noticias que los condujera a "desfacer algún entuerto"; cuando el tiempo los obligaba a permanecer en el refugio donde habían establecido su vivienda, y dentro de cuya amplitud habían construído chozas separadas para los que vivían en familia, como Scarlett, el propio Robin y muchos otros que siguieron su ejemplo, pasaban los días en partidas de armas, tiro al blanco y encuentros de palo y pugilato. Estos dos últimos eran los preferidos del "pequeño" Juan y el fraile Tuck, que armaban contiendas famosas. En una ocasión, estos dos bárbaros estuvieron dándose de palos durante más de una hora, quedando el match por resolverse. . .

* * *

Una tarde en que se hallaban el fraile y Juan en aquella agradable tarea de molerse a palos, el primero suspendió de golpe el ejercicio, exclamando mientras señalaba hacia afuera:

—¡Mirad, mirad cómo viene Much, corriendo como un loco! ¿Qué le habrá pasado?

El "pequeño" Juan salió como alma que lleva el diablo al encuentro de Much, quien, dando muestras de una gran angustia y sofocado por la carrera, dijo:

—Isambart de Bellame ha capturado a Will Scarlett y lo colgará mañana al amanecer frente al castillo como ejemplo para todos nosotros. ¡Así lo anunció!

—¡Robin! ¡Robin! — llamó Juan.

Salió Robin de su choza y en breves palabras fue impuesto de la triste nueva que Much había sabido de boca de un criado de Bellame.

—¡Eso no sucederá mientras haya un hombre vivo en Sherwood! — exclamó Robin con voz de trueno, en la que se revelaba la firmeza de su propósito —. Combinaremos un plan para impedirlo y darle al mismo tiempo una lección al señor de Bellame que le quite las ganas de meterse con nosotros.

Inmediatamente fué reunida tola la banda para deliberar, porque Robin sabía que Evil Hold era un hueso duro y el rescate de Scarlett no era juego de niños.

—No se puede pensar en tomar el castillo por asalto, porque no tenemos cómo derribar sus anchas murallas de piedra y perderíamos la mitad de la banda — dijo Robin.

—Pero aquí está Dickon, que ha trabajado como albañil cuando se construyó el castillo y quizá sepa cómo puede hacerse para entrar — informó Much.

—No es entrar lo que me preocupa, sino salir, que es precisamente lo que necesitamos... Pero vamos, a ver; ven, Dickon.

A la invitación del jefe se adelató un individuo aun joven y corpulento, más fuerte con la espada que con el arco, y que era llamado Dickon de Hartshead, porque así se llamaba la aldea de su nacimiento.

—Veamos, Dickon, si nos puedes decir si hay en el castillo de Bellame un sitio por el que un hombre pueda entrar y salir sin que lo vean...

—Sí, amo Robin, hay un lugar — contestó Dickon —; es una poterna de hierro, disimulada en la espesura de un bosquecillo y por la cual han sacado más de un cadáver. Entrar por allí es imposible, porque, como he dicho, es de hierro y está bien construída, pero salir, sí, pues puede abrirse desde adentro...

—Ni una palabra más — decidió Robin —. Yo entraré en Evil Hold y saldré con Will por la poterna. Para eso me indicarás exactamente el sitio donde se encuentra y la forma de llegar a él. ¡Que la banda se prepare para salir una hora antes de que anochezca, con arcos y sin armaduras! — terminó ordenando perentoriamente.

—¿Sin armaduras, Robin? — preguntó sorprendido el fraile Tuck —. ¡Los hombres de Isambart estarán armados con todo lo que tienen! ¿Cómo podremos pelearlos?

—De la siguiente manera. Os colocaréis en diversos grupos a unas quinientas yardas del castillo y dispararéis a la primera cabeza que aparezca sobre las murallas o por una almena... Cuando los del castillo os vean sin armadura, Isambart hará una salida buscando un cuerpo a cuerpo; entonces vosotros fugaréis hacia la selva tratando de que os persigan, y no os detendréis hasta llegar a los sitios familiares para nosotros pero impracticables para ellos. Esa maniobra me dará tiempo y libertad para hallar a Scarlett en el interior del castillo.

—Y si te llegan a capturar a ti ahí dentro, nosotros seremos hombres perdidos; deja que algunos te acompañen, Robin — suplicó Juan.

—No, varios no podrían pasar inadvertidos. Iré solo, y solo rescataré a Will. Ahora, Dickon, vayamos a lo nuestro; explícame todo lo que sepas que pueda serme útil para moverme dentro de la fortaleza, mientras el resto de los muchachos se echa a descansar un poco, hasta que llegue la hora de partir.

Dickon tomó una rama y con ella trazó en el suelo un plano casi exacto de la distribución de patios, corredores, galerías y salas del castillo, no olvidando los pasajes secretos, que los tenía en abundancia, y los sótanos y mazmorras. La memoria del ex abañil era prodigiosa, aunque cierto es también que no todos los días se levantaban castillos como el del señor de Bellame.

Al terminar la explicación de Dickon, más de dos horas habían pasado. El fraile Tuck fue el primero en hallarse de pie y se dirigió a Robin.

—He estado pensando todo este tiempo cómo harás para entrar en el castillo. ¡No dejarán de verte, e Isambart te mandará colgar sin decirte agua va!

—Deja eso por mi cuenta — le contestó Robin.

Tenía consigo un extraño bulto dentro de una bolsa y levantándolo, añadió:

—Esta es mi arma; con ella me animaré a hacer frente a toda la gente de Isambart, si es necesario...

—Es una loca aventura y presiento que te perderemos — opinó el fraile sacudiendo la cabeza.

—Locura o no, la llevaré a cabo. Will Scarlett es uno de los nuestros, y si no se hace algo por él, dentro de poco lo habremos perdido. Ahora haz que se levanten los muchachos para irnos, porque ya es hora.

* * *

A las cuatro horas de marcha habían llegado a los dominios de Bellame.

A una orden de Robin se escondieron. Poco rato más tarde pasó cerca del lugar, y en dirección del castillo, un hombre conduciendo un hermoso novillo, destinado seguramente al consumo de la casa del barón. Después, y a los pocos minutos de aquél, circulaba en el mismo sentido otro hombre conduciendo una carreta llena de trozos de leña para calefacción de los solitarios salones de Evil Hold, que se habían quedado sin castellana...

Al ver al leñador, no vaciló un instante Robin.

—Este es el hombre que necesitaba — dijo, y fue a pararse delante de la carreta obstruyéndole el paso —. Oh, compadre, ¿cuánto quieres por todo lo que llevas?

—Buen señor — le respondió el hombre —, siento no poder cedérosla, porque es para el castillo.

—Si me dejas que la lleve yo al castillo y me das tus ropas, te regalaré dos monedas de oro...

—¿Dos monedas de oro, señor? ¡Nunca las he visto juntas; una vez tuve tres monedas de plata!...

—Estas que aquí ves son de oro — le dijo Robin mostrándoselas —. Dame tus ropas y ellas serán tuyas. ¡Pronto, que se hace tarde y estoy apurado! — urgió Robin, ya con voz de mando.

—Ciertamente, señor, ciertamente; tomadlas, pues dentro de un par de horas empezará a reunirse la gente en Evil Hold para asesinar a ese excelente hombre de la banda de Robin Hood y antes de ese momento debe estar la leña descargada.

Efectuado el cambio de ropa, Robin silbó y aparecieron doce de los muchachos que rodearon prestamente al leñador. Este se asustó al ver tal despliegue en torno a su pobre persona, mas Robin lo tranquilizó:

—No te harán daño alguno — le dijo cariñosamente —, pero cuidarán de ti hasta que yo esté dentro de ese nido de ladrones y asesinos. Ahora "pequeño" Juan, cuídalo bien para que no pueda dar la alarma y todos quedaos ocultos hasta que llegue el momento de proceder de acuerdo a mis instrucciones...

Subió al carro, tomó las riendas y se puso en marcha hacia el castillo, mientras sus amigos quedábanse rogando a Dios para que lo sacara bien del trance a que lo empujaba su romanticismo y su generosidad.

XV

En el patio del castillo había esa mañana inusitado movimiento. Los preparativos para colgar a Will Scarlett eran dirigidos personalmente por Isambart de Bellame y Rogelio el Cruel, que iban de un lado para otro dando órdenes y maltratando a algún infortunado que no hiciera las cosas exactamente a sus gustos. Hubiera extrañado a cualquiera que a hurtadillas presenciara el ir y venir de ambos, que vistieran sus armaduras de guerra, dentro de su propia casa. Pero es que el señor de Bellame no las tenía todas consigo, pues su conciencia le decía que debía estar preparado para todo evento, aun defendido por los muros de su castillo y rodeado de sus hombres.

El señor de Bellame estaba de muy buen humor, pues le había cabido la satisfacción de realizar la primera captura de un hombre de la temible banda de Robin. Envalentonado, se había prometido no cejar hasta no dejar limpia de bandidos la selva de Sherwood.

Las torturas que pensaba aplicar a Scarlett antes de ejecutarlo le revelarían el misterio del escondite de la banda, que nadie había sido capaz de hallar hasta ese momento. Pero él lo sabría.

Se acercaba el momento de la tragedia cuando un viejo andrajoso con aspecto de leñador se dirigió hacia el puente levadizo; pasó junto a un centinela sin ser molestado, pues el carro, el caballo y la carga eran cosas familiares en el castillo, y entró en el patio. Nadie paró mientes en el leñador que, en un rincón del patio y muy cerca de la puerta de entrada, se dedicó a una extraña maniobra: de una bolsa que sacó del carro retiró un paquete al que aflojó la cuerda de cáñamo que lo envolvía, echándolo a rodar en dirección al cuarto de guardia. En seguida caminó en línea recta hacia la casa, pero fué detenido por el propio Isambart, que le gritó:

—¡Eh, viejo imbécil! ¿Adónde vas? ¿Has creído por ventura que guardamos la leña en el salón de fiestas?

El viejo se detuvo en seco dando muestras de hallarse realmente asustado, mirando con estúpido gesto al señor. Pero la atención de éste fue distraída por los gritos de dolor que partían desde la guardia. Aprovechó el instante el alelado leñador para desatar las cuerdas de otro paquete igual al anterior y lo dejó caer a los pies de Isambart, que no advirtió el raro movimiento, absorto como estaba en ver lo que pasaba en la guardia.

Al empujar su segundo misterioso paquete el leñador, en quien los lectores habrán visto ya a Robin Hood, hacia los pies de Bellame, sacó una amplia gasa del bolsillo y se envolvió con ella la cabeza, cara y manos, mientras los hombres del cuarto de guardia, Isambart, Rogelio y todos cuantos se hallaban en el patio corrían como desesperados dando alaridos de dolor y de rabia al no poder desprenderse de los miles de furiosas avispas que Robin había puesto en libertad rompiéndoles los nidos...

Las armaduras complicaban aun más, si cabe, la triste situación de aquellos hombres, pues las avispas se colaban por los intersticios de las diferentes piezas y se paseaban por todo el cuerpo a más y mejor, sin que los atacados atinaran siquiera a quitarse las armaduras.

La batahola del patio era cosa imposible de describir.

Los gritos de los doloridos, los caballos alcanzados por las avispas, que armaban un tole tole infernal corriendo de un lado para otro y rompiendo cuanto encontraban a su paso, incluso lastimando a los hombres que rodaban por tierra hiriéndose con sus propias armaduras, el ruido de éstas al dar contra el suelo o chocar entre sí dos hombres, las blasfemias de los heridos y las órdenes de los jefes de armas y el estrépito de todo lo que la loca carrera de hombres y caballos echaba por tierra, sembró confusión de tal naturaleza que aquello más parecía una jaula de locos furiosos que el patio de un señorial castillo.

Rogelio el Cruel, en una de sus disparadas ganó, sin quererlo, una de las rampas interiores que llevaban a la altura de las almenas, y al llegar al tope, y precisamente al pasar por entre dos torrecillas, oyó el característico zumbido de una flecha que fue a dar muy cerca de Isambart de Bellame, al término de su trayectoria.

—¡Atacados! ¡Atacados por la banda de Robin Hood! — gritó Isambart al ver caer la flecha —. ¡Levantad el puente!

Pero los hombres estaban demasiado apurados con las nubes de avispas que revoloteaban en torno a sus cabezas para hacer caso de órdenes que ni siquiera oían.

Bellame intentó hacerlo por sus propias manos, y se dirigió al cuarto donde estaban los tornos que hacían jugar el puente, y tomando las cadenas hizo bajar el contrapeso, quedando el castillo incomunicado con tierra.

En ese momento la lluvia de flechas arreciaba y los hombres empezaban a caer en cuanto subían a las almenas.

Mientras, Robin había ganado el interior del castillo colándose dentro de una pieza cercana a la puerta principal de entrada al gran patio, empezando su peregrinación en busca de Scarlett, guiándose por las indicaciones de Dickon.

En ese cuarto se paseaba un hombre armado que, precisamente por hallarse en ese lugar, estaba indemne del ataque de las avispas.

Al aparecer Robin en escena, el hombre, que en ese momento miraba lo que pasaba en el patio a través de un ventanillo, casi se asustó al ver la extraña figura que hacía nuestro héroe envuelto en sus gasas. Avanzó confiado hacia él tomándolo por uno de la casa, pero cayó al suelo sin sentido, pues un oportuno cachiporrazo lo quitó de en medio.

Robin se apoderó de un enorme manojo de llaves que vió sobre una mesa, así como de la espada del tumbado.

Convergían al sitio en que se hallaban varias puertas; vió que una de ellas conducía al hall principal y, pensando que las llaves que tenía en la mano podrían pertenecer a esas puertas, pues por algo estaban ahí, buscó entre ellas la que cerrara ésa y, hallándola, la cerró. Espió otra de las puertas, y al comprobar que una sola podría servirle para seguir su camino en busca de Scarlett, cerró todas las demás. Sin vacilar tomó por la que creyó que conducía a los sótanos, y después de descender unos diez escalones por la escalera que de esa puerta salía, se halló en una especie de sala de guardia, en la que varios hombres se habían refugiado del ataque de las avispas. Para desconcertarlos, Robin les gritó:

—¡Eh, guardias, id a reforzar las torres del oeste, que por ahí entran los de Robin!...

Tres de los hombres corrieron escaleras arriba, quedando en el lugar sólo uno, que estaba desnudo de la cintura para arriba y tenía la cara cubierta con una máscara. Robin reconoció en él al verdugo del castillo, y sin esperar a que el hombre hiciese un movimiento, lo tendió de un hermoso cachiporrazo; luego lo arrastró y mirando en su derredor se percató de que a esa pieza daba un largo corredor al que salían unas seis u ocho puertas de reja. Eran calabozos. ¡Estaba, pues, muy cerca del amigo buscado! No esperó más y llamó:

—Will, ¿estás por aquí? ¡Contéstame, mi buen hermano!

Una voz muy débil le respondió desde el fondo del lóbrego corredor:

—¡Sí, Robin, aquí estoy!...

Robin arrastró el cuerpo inerte del verdugo hacia la primera de las puertas abiertas y encerrándolo en una celda le echó la llave que tenía puesta.

Por ahora habían sido apartados los primeros inconvenientes, y Will Scarlett estaba en sus manos. Avanzó por el corredor en dirección de donde había llegado el hilo de voz del pobre Scarlett. La celda en que habían encerrado a éste era la última. Al pasar por delante de las otras, vió que había en ellas algunos prisioneros que, al verle, se quejaron con lastimeros ayes, como pidiéndole socorro o clamando al cielo.

También alcanzó a distinguir una cámara con extraños aparejos y en la que ardía vivo fuego: era la pieza donde el verdugo aplicaba, por orden del señor de Bellame, las torturas. Llamó nuevamente para orientarse sobre la celda en que se hallaba Will y, ubicada la puerta, buscó la llave en su manojo y entró.

El pobre Scarlett estaba en un estado lastimoso; había sido golpeado sin piedad y sólo su gran resistencia y su fuerte contextura lo habían salvado de morir a golpes.

—Ya sabía que no me abandonarías. Pero dudo que pueda llegar al bosque; estoy muy herido — dijo con un soplo de voz.

—¡Coraje, mi buen Will! — lo animó Robin —. Un poco de aire fresco hará maravillas. Antes de irnos creo que tenemos tiempo de abrir algunas de estas celdas y dar libertad a los demás cautivos. Serán otros tantos amigos, que quizá nos hagan falta.

Y uniendo la acción a la palabra, abrió todas las puertas de los calabozos de los que fueron saliendo los más diversos tipos. Los más eran pobres criaturas ya extenuadas por el largo encierro, los malos tratos de los carceleros y las enfermedades.

Pero había entre ellos algunos hombres en buen estado físico, cuatro en total, seguramente de reciente captura y de los cuales uno era un hombre fuera de lo vulgar que supo expresar su agradecimiento en corteses frases, que delataban a un hombre de superior condición.

Pero el momento no era para perder tiempo en arrojarse flores, y con esa facilidad que tenía para el mando y la forma de ejercitarlo, que electrizaba a los hombres impulsándolos a obedecerle sin discutir, Robin ordenó, dirigiéndose a los que estaban en buenas condiciones físicas:

—Tomad un martillo o cualquier otra herramienta aparente como para derribar a un hombre con ella, porque es probable que tengamos que luchar antes de llegar a la libertad.

Cada uno se armó de lo que pudo, hallando buenos elementos en la sala de torturas, con lo que Robin se hizo de una pequeña fuerza, tanto más eficaz cuanto que obraba por sorpresa y aprovechando un momento de confusión entre los soldados de Isambart de Bellame.

Pero en cambio tenía que contar con el lastre de los inútiles de que se había hecho cargo, a los que debía transportar casi al hombro. El más mal herido era Will, al que hizo llevar por dos de los sanos.

Siguiendo las instrucciones de Dickon, buscó y halló una puerta baja, abierta en la pared a los pies de la escalera; abriéndola, se encontró frente a un angosto pasillo. A poco de penetrar en él oyeron unos ruidos sobre sus cabezas, que Robin, sonriente, atribuyó a que teniendo todas las puertas de acceso al interior cerradas, Isambart estaba haciendo derribar alguna pared... Por lo visto, toda aquella gente estaba todavía atolondrada y no daba pie con bola. Con unos cuantos hombres de los suyos, de antojársele, ese día hubiera tomado el castillo sin mayor esfuerzo.

No era menor el asombro de los hombres de

Robin, que, desconociendo el ardid de las avispas, no se explicaban cómo era que Isambart no salía a atacarlos y seguían, sin saber la batahola que se había armado dentro, disparando contra cualquier bulto que asomara por entre las almenas o las torrecillas.

—De acuerdo a lo que sé, debemos seguir este camino. ¿Ninguno de vosotros sabe dónde hay una antorcha?

—En el suelo, al fondo del corredor de las celdas hay siempre una — informó uno de los liberados —. Yo la traeré.

Robin la encendió y con ella en una mano y la espada en la otra se internó, seguido por los demás, por el estrecho pasillo. Nada ni nadie les estorbó el paso; al cabo de unos doscientos metros de marcha, el pasillo terminaba contra una puerta de hierro, que no era sino la poterna que daba a los fosos, único sitio por el que podrían salir del castillo sin ser vistos, como lo había asegurado Dickon y lo había comprobado el propio Robin.

En el manojo de llaves de que se había incautado Robin, estaba también la de esa poterna, al través de cuya cerradura se veía la luz del día. La puerta se abrió y de nuevo volvió a ser de día para ellos. Hallábanse en lo alto de un terreno en pendiente que terminaba en el foso, teniendo detrás de ellos las paredes del castillo. Alcanzaron a ver, allá afuera, a la distancia, un grupo de los de Robin, entre los que estaba el "pequeño" Juan, que hacía tremolar un trapo para que notaran su presencia.

—Bueno, ahora deberemos atravesar el foso a nado. Déjame que te ayude, Will.

El individuo alto y de buenas maneras se adelantó hacia Robin y le dijo:

—Estimado señor, ¿permitís que nade yo del otro lado para llevarlo entre los dos?

—Con mucho gusto y os lo agradezco; pero ¿quién sois vos, que habláis como un caballero normando y estábais prisionero de otro normando, aunque no caballero?

—Mi nombre es Ricardo at Lea — dijo el caballero.

—¡Dios se apiade de nosotros! — exclamó Robin —. Pero crucemos el foso y luego hablaremos...

Y se tiró al agua. Detrás de él lo hizo el caballero Ricardo y después Will. También se echaron a nadar tres o cuatro de los otros prisioneros, quedando en la orilla, presas de una angustia indecible, el resto de los liberados, que no podía salir por ahora de las garras de Isambart debido al lastimoso estado de sus fuerzas.

—¡Pobres infelices! — decía Robin mirándolos

con toda compasión —. Os propongo que volvamos a buscarlos, caballero...

—Ni que decir tiene; pero por ahora lleguemos nosotros con vuestro amigo y estos otros a tierra firme, antes de que noten nuestra ausencia o nos vean.

Pero lejos del castillo se hallaban ya los fugitivos cuando uno los vió y dió la alarma. Inmediatamente unos cuantos hombres salieron por el puente levadizo en su persecución, pero eran pocos para hacer frente a la lluvia de flechas que cayó sobre ellos, pues se habían despojado de las armaduras desde el episodio de las avispas, y debieron volver al castillo "sin cobrar pieza alguna"...

Todo terminó de acuerdo a los planes de Robin.

Al hallarse entre los arqueros que habían sabido cubrir la retirada tan estratégicamente, el caballero, que había dicho llamarse Ricardo at Lea, exclamó dirigiéndose a nuestro rey de Sherwood:

—¡Solamente un mago hace lo que vos habéis hecho hoy!...

XVI

EL PADRE
DE MARIANA

Dejando al caballero Ricardo con su asombro, Robin dispuso, una vez todos reunidos, emprender cuanto antes la marcha hacia sus dominios de la selva.

—En cuanto a vos, caballero, y aunque me hayáis dado un nombre que es imposible que tengáis, ¿queréis venir con nosotros a descansar y reponeros?

—Muy a gusto — respondió sir Ricardo —. Pero, ¿por qué decís que no puedo llamarme como os dije?

—Porque ese Ricardo at Lea murió al naufragar el barco que lo llevaba a Tierra Santa a unirse al rey Ricardo, que se hallaba peleando contra los sarracenos. Es una vieja y muy sabida historia y yo debo ser el mago que vos decís si soy capaz de sacar vivo de las mazmorras de Isambart de Bellame a un hombre que murió en el mar...

—¿Los calabozos de Isambart? — preguntó, asombrado, el caballero —. ¡Pero si ese castillo, de cuyas prisiones me sacasteis, pertenece a un individuo a quien llaman Rogelio el Cruel! ¡Nunca he oído hablar de Isambart de Bellame durante mi largo cautiverio!

—Aquí hay un misterio — comentó Robin —, pero pongámonos en marcha y en el camino nos narraréis vuestra historia; por lo pronto, sabed que en la selva de Sherwood, adonde nos encaminamos, estaréis bajo la guardia de Robin Hood y su banda.

—Tampoco oí nunca hablar de Robin Hood...

—Pero, caballero — interrumpió el "pequeño" Juan —, ¿dónde habéis estado que no conocéis a Robin Hood?

—Pasé estos últimos cuatro años de mi vida fuera del mundo... — dijo tristemente el caballero —, tanto es así que ni siquiera sé si mi única hija, todo lo que me quedaba en la tierra, estará viva o muerta...

—Contadnos toda vuestra desgracia — lo invitó Robin —, que si algo podemos hacer por vos os ayudaremos.

—La historia de mi desgracia comienza con la muerte de mi adorada mujer, a raíz de lo cual decidí irme junto al rey Ricardo a luchar por el rescate del Santo Sepulcro y por la fe de Cristo. Al partir, dejé bajo la tutela del padre Hugo de Rainault, abad de Santa María, a mi hija Mariana, con el propósito de que la hiciera vivir en compañía de las monjas de Kirkless. Como para ir a reunirme a las huestes del rey Ricardo necesitaba fletar un barco para conducir a los hombres que me acompañarían, pedí dinero prestado al mismo padre Hugo. Tratamos un interés de cincuenta monedas de oro que yo debería abonarle todos los años, por las quinientas que me dió por un plazo de cuatro años, y dándole en garantía mi más grande castillo y mis mejores tierras...

—Veo claramente la mano del padre Hugo en el asunto — interrumpió Robin.

—Cuando todo estuvo listo — prosiguió Ricardo —, me dirigí con mis hombres a Hull, embarcándonos para Burdeos, donde esperaba reunirme a otros expedicionarios. Pero a las pocas horas de navegación, una fuerte tormenta del este nos arrastró hasta la costa del condado de Lincoln, donde el barco se hizo pedazos contra un arrecife. No puedo decir si del naufragio se salvó alguien más que yo, pues casi inconsciente, debido a un enorme tajo que no sé contra qué me hice en la cabeza, me así como un desesperado a un madero que flotaba a la deriva. Cuando volví en mí, me hallaba en tierra firme y socorrido por un desconocido, al que acerté a decir que me llevara a la Abadía de Santa María. De lo que pasó después no sé nada; la fiebre me debe haber tenido en delirio varios días.

—¿De modo que no sabéis si os llevaron o no a la Abadía?

—Recuerdo que veo como en un sueño a Hugo de Rainault y Rogelio el Cruel conversando, pero esa imagen se borra en seguida y sólo veo el calabozo del que vos me sacasteis.

—¿Y cuándo vence el plazo de los cuatro años del préstamo del padre Hugo?

—Si para el próximo día de San Miguel no le he pagado, mi más hermoso castillo y mis mejores tierras serán suyas...

—Pues todo está bien claro. No atreviéndose a daros muerte, os ha tenido prisionero hasta que expirara el término del convenio para apoderarse de lo que representaba la garantía; al mismo tiempo, os ha hecho creer que érais cautivo de Rogelio el Cruel, porque había hecho el proyecto de casar a vuestra hija Mariana con Isambart de Bellame... Pero aun faltan siete semanas para el día de San Miguel, y ese es mucho tiempo para nosotros, mi buen sir Ricardo...

—Pero de cualquier modo, para rescatar mi garantía deberé pagarle la suma que me prestó, más los intereses, de los que, debido a mi cautiverio, no pude pagarle nunca, de modo que todo hace un total de setecientas monedas de oro que no tengo cómo conseguir...

—Tranquilizáos, que yo os podré dar esa pequeña suma...

—¡Cómo! — exclamó sir Ricardo —. ¡Sólo un rey podría llamar pequeña a esa cantidad de dinero...

—Rey soy en Sherwood, y tengo, además, un ligero parentesco con vos, como veréis...

Dijo esto Robin cuando vió que Mariana corría hacia ellos con alborozo, echándose en los brazos abiertos de su marido, que la retuvo largo rato en su encierro besándola con tierna solicitud.

—¡No he hecho ni he podido hacer otra cosa que rogar por ti y los muchachos desde que os fuisteis!... Y, por lo visto, Dios me ha ayudado...

—Como ves, adorada mía, todos estamos buenos y Scarlett de nuevo entre nosotros, aunque deberás dedicarte a cuidarlo, porque está bastante mal herido. Míralo ahí, en brazos del "pequeño" Juan y el fraile —. Se adelantó Mariana a recibir al grupo que traía al compañero herido, y cuando le hubo pasado cariñosamente una mano por la cabeza, oyó la voz de su marido que le decía:

—Ahora mira hacia acá, Mariana, y dime si ves alguna cara conocida...

Mariana, que si bien había visto ya que con Robin venían algunos hombres que no pertenecían a la banda, no había reparado en las facciones de ninguno de ellos, embargada por la emoción de la llegada de su marido, se dió vuelta y los observó detenidamente. Cuando vió a sir Ricardo dió un grito de alegría y se echó en sus brazos exclamando:

—¡Oh, Robin, lo que me devuelves; eres maravilloso!

—Sí, es realmente maravilloso lo que pueden hacer un par de nidos de avispas, usándolos a su debido tiempo... — respondió rápidamente Robin cortando el elogio.

Sir Ricardo, serenado ya de la impresión de haber recobrado a su hija, se adelantó, y dirigiéndose a Robin, en tono cordial pero serio, le indagó:

—Caballero, no sé quién sois, ni qué hacéis en este lugar, aunque de hombre de honor y no de filibustero han sido desde que os vi vuestras acciones, pero me diréis: ¿qué relaciones os unen a mi hija, para tratarla con la familiaridad con que lo hacéis?

—¿Qué? ¿Acaso no está permitido a un marido besar a su mujer al regreso de una aventura peligrosa?

Hácese cargo rápida y cabalmente de la situación sir Ricardo at Lea, y sin comentario de ninguna clase responde con la misma sencillez con que le habían dado la noticia:

—Por lo que conozco de vos, no puedo desearle mejor marido. ¡Venid ambos a mis brazos!

Y quedó sellada así la buena armonía en la familia del rey de Sherwood.

—Y ahora que está constituída la familia reinante de la selva y de nuevo con la banda el bravo y querido Scarlett, aunque en deficientes condicioness físicas para hacer la guerra a "ciertos señores", organicemos una comilona en honor de mi suegro, de Scarlett salvado de la horca y de Mariana, que suministró los nidos de avispas que tan bien se portaron peleando por nosotros en el maldito castillo de Isambart. ¡Para el mejor éxito del banquete, que cocine personalmente el fraile Tuck, con lo que sir Ricardo verá que no es necesario comer entre las murallas de un castillo para hacerlo tan bien como los reyes!

XVII

UN MISTERIOSO
CABALLO NEGRO

MUCHOS días después del tan feliz encuentro de Mariana con su padre y el rescate de Will Scarlett, hacían Robin y el fraile Tuck y toda la banda una recorrida por el bosque, cuando vieron a Will que corría hacia ellos, dando muestras de hallarse en el paroxismo de la angustia.

—¡Robin — gritó, hace horas que te busco por todo el bosque, porque Isambart ha atacado nuestra cueva, ha prendido fuego a todo y se ha llevado a Mariana con cinco de los nuestros!

En menos tiempo de lo que se necesita para contarlo, Robin tenía en pie de guerra a todos sus hombres y en marcha para el castillo de Bellame.

—¡Yo sabré rescatarla de esas inmundas garras que la raptaron! — decía hablando solo, mientras marchaban —. ¡Con el asco que ella le tiene a esa fiera! ¡Dios no ha de querer que no llegue a tiempo para impedir que ese bandido toque solamente uno de sus cabellos! ¡Esto ha colmado ya todas las medidas, y por ello será colgado ese criminal con mis propias manos!... ¡Y con él, destruiré su castillo y toda su mala ralea!

Llamándolo a la reflexión, por el mismo buen éxito de la empresa, Will Scarlett le insinuó:

—Amigo, hermano, no es cosa tan fácil atacar un castillo tan fuerte como ése...

—¿Atacarlo? ¡No sólo lo atacaré, sino que no dejaré de él nada en pie! ¡Así la gente honesta andará con más libertad por los caminos y las mujeres ya no vivirán atemorizadas por la suerte de sus hombres ni por ellas mismas!...

—Mira, mira, mi buen Robin — dijo el "pequeño" Juan en un sollozo y señalando con el índice hacia cierta parte de las murallas del castillo —, ¡ya no podremos ayudar a aquellos cinco!

Todos miraron hacia donde señalaba Juan, y vieron que de cinco armazones inconfundibles colgaban cinco siluetas blancas, inmóviles y siniestras, que reconocieron sin vacilar...

Robin contempló en silencio durante largo rato los cadáveres de sus cinco desdichados compañeros, y tomando después su espada la besó en la cruz y dijo, mirándola fijamente:

—¡Por la Virgen, juro solemnemente que no

descansaré hasta dejar sin vida a ese malvado de Isambart de Bellame!...

—Conviene que esperemos a que lleguen el fraile Tuck y los demás, porque siempre seremos pocos para atacar Evil Hold — opinó el "pequeño" Juan.

—Sí, descansaremos esta noche, para atacarlo al amanecer. De todos modos, a esos cinco ya no podemos salvarles la vida, y a Mariana no le harán daño alguno, pues ya sabes que Isambart y el padre Hugo codician las tierras que heredó de la madre, y matándola en el propio hogar del primero todo estaría perdido para ambos... De aquí al amanecer tendré tiempo de madurar un plan de ataque.

No había terminado de hablar Robin cuando Juan señaló un claro del bosque al tiempo que exclamaba:

—¡Pero qué es lo que veo! ¡Un caballero con armadura negra sobre un caballo negro, como no lo tiene el propio Isambart!

Efectivamente, de la dirección del castillo se aproximaba hacia ellos un hombre montado sobre un hermoso caballo de reluciente pelo negro y todo él cubierto de la cabeza a los pies de una riquísima armadura del mismo color.

El caballero negro no desvió su camino, demostrando que nada le importaba pasar cerca de la banda, aun hallándose solo.

—Es un hombre audaz — dijo Robin a los que se hallaban cerca, y levantando la voz añadió:

—¡Eh, caballero! ¿Qué hacéis por estos caminos?

El hombre frenó en seco su caballo y respondió con varonil voz que salía de las profundidades de su armadura:

—¡Hago lo que se me da la gana y voy donde debo ir, sin pedir permiso ni dar cuentas a nadie!...

—Pero a vuestras espaldas hay un gran castillo que podría daros magnífico alojamiento, si es que sois hombre del rey Juan...

—Muy cerca estoy de él, efectivamente — contestó con cierto misterio el negro caballero.

—Pues ese castillo es de un hombre del rey Juan, y nosotros tendremos el placer de matarlo a él y a vos si en él os encontráis cuando asaltemos sus murallas. Pero ahora idos para allá, pues somos más de cien y no peleamos contra uno solo.

—Pues en esto hay un misterio, ya que vosotros no estáis armados como normandos ni campesinos sajones y, sin embargo, queréis atacar un poderoso castillo como ése... ¿Por qué no?

—Por muchas razones que no os diremos, ya

que habéis confesado ser un hombre del rey Juan...

—No; os he dicho que estoy muy cerca de Juan, pero no que sea un hombre suyo; y si hay causa justa para que ataquéis el castillo, os ayudaré, pero debe ser una causa de estricta justicia.

—Varias causas muy poderosas — contestó Robin —, y si queréis comer con nosotros os diré algunas de ellas; así podréis valorar la razón que tenemos para atacar a la fiera que allí mora. Entonces decidiréis vuestra conducta.

El Caballero Negro desmontó. Era un hombre alto y de hermosa planta. Demostraba ser ágil y fuerte. Su simpática figura hizo que conquistara las primeras impresiones de nuestros amigos.

Comeré con vosotros — dijo — y oiré lo que queráis decirme sobre las razones que os impulsan a pretender el asalto de ese castillo, que, para mi entender, es un hueso demasiado duro de pelar para sólo cien hombres.

Ignoraba el caballero que un hombre solo había producido una revolución en ese mismo castillo hacía no mucho tiempo.

Eligió Robin un sitio desde el cual no podían ser vistos desde Evil Hold y todos descendieron de sus cabalgaduras. Se sentaron a conversar, y Robin puso al Caballero Negro al corriente de las maquinaciones urdidas por el padre Hugo de

Rainault e Isambart de Bellame contra sir Ricardo at Lea y su hija. Terminado el relato, que el caballero escuchó con asombrada atención, se dispusieron a comer algunas viandas que el fraile Tuck había improvisado en el momento de la partida.

El Caballero Negro se quitó para comer sólo la babera y se levantó un poco la ventalla de su armadura, por lo que nuestros amigos no pudieron satisfacer su natural curiosidad de verle la cara...

—Yo conozco muy bien a sir Ricardo, y estuve presente el día en que lo condecoró el rey Enrique. Pero, ¿qué tenéis que ver vos con lo que le ocurra a él?

—Su hija Mariana es mi esposa e Isambart de Bellame la raptó ayer violando mi hogar, prendió fuego a mi casa y colgó a cinco de mis hombres. Y ahora que lo sabéis todo debéis elegir entre ayudarnos a atacar el castillo o iros sin terminar de comer de nuestro pan y de beber nuestra agua. Por vuestro acento veo que sois normando, pero normando es también el padre de Mariana y es un hombre decente; y no tengo por qué creer que son los únicos...

—Sin duda he de ayudaros — exclamó el caballero — en lo que pueda mi ingenio y alcance mi brazo. Hora es ya de que a estos barones se les comience a tirar un poco de la rienda y se les dé una lección. Pero, ¿cómo pensáis atacar con tan poca gente una fortaleza semejante?

—En verdad, querido Robin, es cosa difícil —dijo el "pequeño" Juan —. ¿Qué te parece si nos ponemos a picar la muralla con las uñas?

—¿Cómo os ha llamado este hombre? — preguntó con precipitación el caballero.

—Por mi nombre, Robin Hood; ¡pero acordaos que habéis prometido estar con nosotros!

El caballero esbozó una sonrisa, giró sobre sus talones y se sentó, quedando pensativo durante unos cuantos segundos. Por último dijo:

—Sí, os lo he prometido y cumpliré mi palabra. ¿Esta es toda la fuerza de que disponéis?

—Faltan otros treinta hombres que están por llegar.

—¿Y habéis formado algún plan?

—Y algo más también; tengo una llave para entrar, porque cuando rescaté de manos de Isambart a sir Ricardo at Lea, me guardé la llave de una escondida poterna, por la que salí con él y varios cautivos más. Se me ocurre ahora que una parte de nosotros podría distraer la atención de la gente del castillo atacando por sorpresa por el lado del puente levadizo mientras otros cruzan a nado el foso y entran por la poterna...

—¿Vos habéis rescatado a sir Ricardo? — preguntó con asombro y curiosidad el caballero —. ¿Y cómo obtuvisteis esa llave?

Robin le contó entonces lo de las informaciones de Dickon y la estratagema de las avispas. Rió francamente el caballero y dijo:

—¡Sí que fue un golpe de audacia! Bien — añadió —, cuando penséis atacar, iré con vos a la poterna o dirigiré el asalto por el rastrillo, como lo dispongáis. . .

Robin contempló la poderosa armadura del caballero y su indiscutible aspecto de guerrero y decidió:

—Preferiría que mandaseis el ataque por el puente. . .

—Ni una palabra más — terminó el misterioso aliado —. Ahora me echaré a descansar; pero ¡vive Dios! que me habéis dado que pensar, caballero Robin Hood. Algún día conoceréis mi nombre, por supuesto, y os asombrará saber quién os ayudó a dar a Isambart de Bellame el castigo que se ha ganado.

Y dejando a Robin pensando en el significado de lo que le acababa de decir, se retiró un poco del grupo y se sentó en el suelo apoyándose contra un árbol en la forma que halló menos incómoda para poder dormir breves horas, ya que sin sacarse la armadura no podía aspirar a nada parecido a la comodidad.

Robin quedó sólo y el pensamiento del amargo trance que en esos momentos estaría pasando su Mariana en el terror de hallarse en manos de Isambart pronto le borró de la mente al excelente y misterioso caballero normando que tan dispuesto estaba a hermanar sus armas con las de los bandidos de la selva...

XVIII

CUANDO Robin creyó llegado el momento de atacar, habíasele reunido el contingente de treinta secuaces que esperaba.

En pocas palabras los puso al corriente de la situación, como del plan que había ideado para rescatar a Mariana, explicándoles también la presencia del misterioso Caballero Negro.

—Ahora ya no debemos perder más tiempo. Este caballero atacará por el puente levadizo cuando yo, con algunos de vosotros, hayamos entrado por la poterna.

—Conviene que establezcamos una señal para atacar al unísono, pues corremos el peligro de que puedan mover sus fuerzas en ambos frentes si lo hacemos a destiempo — opinó el caballero, lógico blanco de todas las miradas de los recién llegados.

—Sí, y ya he pensado en ello; como la poterna está situada detrás del castillo y vosotros deberéis atacar por delante, uno, adecuadamente colocado para que pueda ver y ser visto por ambos grupos, os hará una señal cuando vea que yo y los que me acompañen hayamos llegado a nado al terraplén donde está situado el bosquecillo que disimula la poterna. Entonces saldréis de vuestro escondite, y con toda la rapidez que podáis, tomaréis posiciones en el puente. Lógicamente, toda la gente que pueda haber diseminada por la casa deberá acudir a la alarma de vuestro asalto y me dejarán las manos libres para buscar y liberar a Mariana; puesta ella a salvo, volaré en ayuda de vosotros. Será necesario que Dickon esté a mi lado para que yo no pierda tiempo en orientarme en el laberinto de corredores. El "pequeño" Juan y dieciocho de vosotros irán conmigo, armados sólo de espadas, pues deberemos atravesar el foso a nado, para cubrirme la retirada con Mariana.

La primera parte del plan de Robin se cumplió al pie de la letra. El y sus veinte compañeros atravesaron el foso a nado sin que nadie los viera, y llegaron al bosquecillo de la poterna sin novedad, penetrando por ella en los corredores subterráneos del castillo.

Una vieja puerta de madera, que Robin no había visto en su visita anterior, dejaba escapar por los intersticios de sus quebrados tablones los débiles gemidos de un ser viviente que sufría. Buscó Robin en el prodigioso manojo de llaves que tan útil le había sido la otra vez la que correspondía a aquella puerta, mas como tardara en dar con ella, el "pequeño" Juan adosó sus hombros a un panel y empujando con todas sus fuerzas la hizo ceder. En el interior de una pequeñísima celda hallábase un verdadero Eccehomo, un desventurado en tal forma maltrecho por las torturas, que debieron abandonar en el lugar sin llevárselo, ya que no podían cargar con él a riesgo de hacer fracasar la empresa principal.

Siguieron adelante los arqueros, y al pasar frente a la puerta, que ya conocemos, de la pieza donde se aplicaban las torturas, el "pequeño" Juan recogió una convincente maza de hierro que debió utilizar en el acto, poniendo "fuera de servicio" a los guardias, que, habiendo oído el ruido que produjo la puerta al romperse, acudían presurosos a inquirir qué podría pasar en los quietos y tenebrosos corredores.

Salvado tan definitiva y contundentemente ese primer obstáculo, llegaron a la puerta que daba acceso al subsuelo propiamente dicho del castillo. Como llave de puerta principal, pronto fué individualizada entre las del manojo, y entraron.

Halláronse en el cuarto de guardia, al pie de la escalera, donde el día del rescate de Scarlett estaban reunidos aquellos hombres — el verdugo entre ellos — con los que Robin debió librar una pequeña batalla. En esta ocasión también estaba ocupada esa pieza: cuatro hombres armados vigilaban desde allí el interior de otra sala en cuyo centro se hallaba Mariana, sentada y atada a una silla, y teniendo enfrente una mesa con recado de escribir.

Ver nuestros amigos la escena y echarse como leones sobre los guardias fue todo uno, yendo Robin directamente a desatar a Mariana, mientras los suyos daban pronta cuenta de los vigilantes.

—¡Robin mío! — gritó la pobre niña apenas repuesta de la sorpresa —. ¡Isambart quería hacerme firmar la cesión de mis tierras a su favor, pero yo me negué e iban a darme tormento!

Recobrada Mariana, Robin dispuso que algunos de los muchachos la sacaran del castillo por el mismo camino que habían hecho al entrar. Pero atraído por los ruidos, llegaba a la sala de guardias Rogelio el Cruel con unos doce o quince hombres que trataron de interceptar el paso a los portadores de Mariana.

Cosa de poca monta era la partida para el estado de belicosidad de Robin y los suyos ese día, y en menos de lo que se tarda en narrarlo, dejaron tendidos, no sólo a Rogelio, sino también a todos sus hombres, cuyas armaduras se colocaron.

Mientras Robin llevaba a cabo el salvamento de Mariana cumpliendo matemáticamente el programa trazado, la tarea confiada a la dirección del misterioso caballero de la armadura negra se realizaba con igual precisión y eficacia. Los movimientos de ambos grupos se efectuaron en la forma prevista.

El Caballero Negro ganó el rastrillo con inigualable velocidad, cruzó el puente y la mayor parte de su tropa pudo trasponer la puerta de la muralla exterior sin ninguna dificultad.

Cuando los del castillo dieron la alarma y empezaron a levantar el puente, muy pocos atacantes se hallaban sobre él.

La serenidad y las condiciones de mando del Caballero Negro los salvó de morir ahogados al no poder nadar por el peso de las armaduras, pues al ver la precaria situación en que se hallaban, les gritó:

—¡Dejaos caer al agua sin soltar las escaleras!

Se refería a unas escaleras de madera que esos hombres habían llevado consigo, en previsión de que se presentara la oportunidad de poder escalar las murallas.

La sorpresa que la gente de Bellame experimentó al hallar copado el patio exterior del castillo por una fuerza que lo arrollaba todo, desconcertó en tal forma a sus jefes que no acertaron a organizar la defensa. Fue inútil que Isambart echara mano a toda su elocuencia guerrera, pues nadie se movió.

En ese momento llegaba Robin con los que junto a él se hallaban en el interior de la casa. El fraile Tuck se adelantó a trabarse en lucha singular con Isambart con el objeto de que no lo hiciera Robin; pero el Caballero Negro, con aquella voz de mando que no admitía réplica ni dilación y que tan oportunamente se había hecho oír hacía unos instantes, gritó:

—¡Quietos todos; ese hombre me pertenece!

Al oír esa voz, el fraile Tuck, Isambart y hasta Robin quedaron en suspenso. Y adelantándose el Caballero Negro hacia el señor del castillo, le dijo:

—¡Defiéndete, malsín!

Y cuando Bellame levantó su espada de mandoble para descargarla sobre el desconocido, el hacha de mano de éste, más manuable y mejor manejada, cayó sobre el almete de la armadura de Isambart con violencia tal, que se le hundió en el cráneo, cayendo el malvado para no levantarse más...

En ese momento se oyó un grito que venía de las inmediaciones de la puerta. Era un grupo de hombres de los del castillo que había reaccionado y pretendía luchar.

Robin y algunos de los muchachos corrieron hacia ellos y, generalizada la batalla, poco tiempo duró: los que no sucumbieron se entregaron a la merced del vencedor y todo el orgulloso castillo de Bellame quedó en poder de Robin Hood y su banda.

El rey de Sherwood, al sentirse dueño absoluto del campo, buscó a su eficaz y ocasional aliado de la armadura negra, pero éste había desaparecido...

—Se fue, Robin — le informó Tuck —. Lo vi cruzar el puente y creí que volvería, pero alcancé a ver cómo espoleaba su caballo y se perdía en lontananza a galope tendido sin echar una mirada hacia atrás y sin hacer una seña de despedida...

—Deberíamos haberlo reconocido — dijo Robin —. Sólo él puede tener esa personalidad con la que casi nos domina a todos, como dominó la situación cada vez que la oportunidad lo puso frente a ella. Si alguien lo vuelve a ver, que se arrodille ante él y le agradezca de mi parte lo que ha hecho por nosotros. ¡Es el rey Ricardo!

Un silencio de estupor acogió este anuncio de Robin, hasta que el fraile Tuck cortó el embeleso, diciendo:

—Robin, la tarea no ha terminado; el amo de este maldito castillo ya no existe; ¡que desaparezca entonces todo cuanto pueda recordar su memoria!

Una verdadera ovación aprobó la proposición del desaprensivo sacerdote, y echando mano a la obra, los muchachos le prendieron fuego a una de las más hermosas fortalezas feudales de Inglaterra.

El fuerte viento que había reinado durante todo el día y que había servido a los hombres que mandaba el caballero para ocultarse mejor detrás de las sombras movibles de los árboles que cambiaban los contraluces constantemente, ayudó a la empresa de Robin hasta el final, avivando el fuego que en pocas horas redujo Evil Hold a cenizas...

Pero quedaba el espíritu de la venganza en Rogelio el Cruel, que no había muerto del golpe recibido y que salió arrastrándose del castillo en llamas, se despojó de la armadura hendida en el yelmo por el mazazo que lo había dejado fuera de combate y se ocultó entre las aguas del foso hasta que los "justicieros" y su jefe abandonaron el lugar...

XIX

UN MATCH
DE BOX

UNA semana después del arrasamiento de todo lo que llevaba el nombre de Bellame, no había terminado Robin de reparar el daño hecho en su alojamiento por la visita que se había llevado a Mariana.

Pocas novedades habían ocurrido a la banda desde entonces, cuando una mañana Robin tuvo noticias de que el padre Hugo de Rainault pensaba visitar a su hermano el sheriff y que pronto se pondría en camino para Nottingham.

—Es seguro — comentó con Scarlett y Tuck — que llevará consigo una pequeña fortuna que ha de querer poner a salvo para cuando el rey Ricardo, enterado ya de sus fechorías, le pida cuenta de su conducta. Si Dios me ayuda, estaré presente en esa entrevista, que me ha de divertir la mar...

Tres días después de esta conversación, en una clara mañana de otoño, arrancaba de su Abadía el padre Hugo con tres familiares y Guy de

Gisborne al mando de todas las fuerzas de que pudo disponer.

Abría la marcha Gisborne con nueve hombres; detrás seguía el abad, a caballo, con seis hombres que conducían las bien cargadas mulas; en seguida los tres frailes menores; cerrando la caravana diez hombres de armas. Al llegar a los lindes del bosque, un mercader les pidió que le permitiesen internarse bajo su protección por esos peligrosos caminos. Sin oposición del abad, el hombre fue a engrosar la comitiva.

Tranquilos marchaban bajo la vigilancia y protección de Gisborne, cuando al llegar a un claro Robin Hood cayó sobre ellos. Fue tan rápida la acción, que terminó al comenzar. La superioridad numérica de las huestes de Robin y el ataque por sorpresa anuló todas las posibilidades de defensa de la gente de Gisborne.

—¡Querido abad de Santa María! — dijo Robin burlonamente a modo de saludo —. Bajaos del caballo, que tengo muchas ganas de conversar con vos y deseo hacerlo a gusto...

Pálido de ira, el padre Hugo no tuvo más remedio que obedecer. Mientras, algunos de los muchachos se dedicaban a la grata tarea de revisar la carga de las mulas.

Cuando el indigno ministro del Señor estuvo de pie, Robin le dijo:

—Hace poco menos de una semana, para el día de San Miguel, he mandado a la Abadía setecientas monedas de oro y juraría que tenéis la suerte de conservarlas aún — dijo mirando significativamente las talegas que colgaban de los flancos de las acémilas.

—¡Robo, y encima ultraje! — gritó airado el abad —. ¡Maldito ladrón!

—Sí, robo y ultraje; pero escuchad, digno abad de Santa María, hace una semana que rescaté de las manos de vuestro cómplice a Mariana, mi legítima esposa, la hija de Ricardo at Lea, a la que íbais a hacer víctima de un despojo inicuo. Cuando la hallé, estaba atada delante de un pergamino, en el que debía firmar la cesión de sus tierras en favor de Isambart de...

—¡Yo no sé nada de eso, bandido! — gritó, furioso, el enérgico sacerdote.

—¿Que no sabéis nada? ¿Y qué pasa si os digo que esa escritura de cesión no estaba hecha por ninguna persona del castillo? ¿Y qué diríais si os afirmo que el redactor es un amanuense de vuestra Abadía?

—¡Eso es falso! — protestó Hugo con más rabia que energía.

—Querido Tuck — pidió Robin —, ¿quieres traerme a ese hombre?

El fraile se metió entre los árboles y volvió

trayendo de las orejas a un pobre cura medio muerto de miedo.

—¿No reconocéis, padre Hugo, a vuestro escriba? ¿No sabíais que es aficionado a la pesca y que esta mañana Dios me envió en este pescador el testigo que me hacía falta? ¿Qué decidís? ¿Confesaréis vos o lo haré hablar a él?

—¡Yo ordené esa escritura! — confesó el abad, a quien no convenía que nadie más que él hablara del asunto para no decir más que lo necesario.

—¡Muy bien! Está también la cuestión de esas setecientas monedas de oro enviadas por mí a la Abadía en nombre de sir Ricardo at Lea, el cautiverio de éste en las mazmorras de Bellame durante cuatro años...

—¡Yo no tengo nada que ver con todo eso!

—Tuck, hermano, trae de nuevo al pescador...

—¡No! — interrumpió Hugo —. Dejadlo tranquilo; también soy el autor de esa maquinación contra sir Ricardo, en complicidad con Isambart.

—Perfectamente; y con esas setecientas monedas de oro compraréis bien barata vuestra libertad...

—¡Ladrón, asesino! — No cabe duda de que el abad era hombre de coraje sobrado.

—También hay que tener en cuenta a las viudas y los huérfanos de los hombres que murieron por ayudarme a rescatar a la hija de sir Ricardo. No puedo dejar a esa gente en la miseria, y es justo que vos paguéis los platos rotos, de modo que distribuiréis entre ellos unas cien más de vuestras relucientes monedas de oro...

—¡Ladrón, ladrón! ¡Algún día he de ver tu pescuezo envuelto en un elegante lazo de cuerda!

—No, hasta no haber pagado vos vuestros numerosos y deleznables pecados... Tuck, ¿quieres ver qué hay de interesante en lo que llevan las mulas?

Dirigidos por el "pequeño" Juan, la tarea de revisar el equipaje del abad ya estaba hecha a conciencia y con entusiasmo por los más divertidos muchachos. Todo había sido desparramado por tierra: bolsas conteniendo monedas de oro y de plata, las piezas de una riquísima vajilla de los mismos metales, varios rollos de documentos, fardos de telas de excelente calidad y un sinfín de objetos de valor que formaban un montón informe de cosas, por el que un pichinchero hubiera pagado una pequeña fortuna.

—Para un humilde sacerdote, ya es bastante lo que lleváis... Muchachos, de todo eso retirad ciento quince monedas de oro para indemnizar a las familias de nuestros muertos y el resto volvedlo a cargar sobre las mulas. Separad también la mejor pieza de tela de seda para los trajes de invierno de la reina de Sherwood...

Mientras los muchachos volvían las cosas a su lugar, Robin se volvió al padre Hugo y le dijo:

—Ahora el fraile Tuck nos cantará una de sus alegres canciones y vos la bailaréis. ¡Comienza, Tuck!

El tono no admitía réplica y el sacerdote rogó:

—¡Sufro de reumatismo! ¡No puedo bailar! ¡Ten compasión; esto es un escarnio para la Iglesia de Cristo!

Pero no había nada que hacer: Robin jugaba con una varita de fresno, moviéndola delante de los ojos de Hugo con un gesto muy significativo. Cuando Tuck cantó, el "respetable" abad no tuvo más remedio que levantarse la sotana y mostrando las piernas desnudas, hacer el títere para aquellos forajidos que se divertían a sus expensas como locos...

—Pues lo hacéis muy bien, padre — lo felicitó Robin seriamente —, y ese ejercicio es remedio excelente para vuestro reumatismo. Ahora, tomad vuestras cosas, continuad vuestro camino y olvidaos de extorsionar niñas indefensas, de despojar a los humildes siervos de la Abadía y de meter en el calabozo a vuestros deudores, pues de otro modo la próxima vez os trataré con más rudeza.

La comitiva del abad continuó su camino, quedándose en el sitio el mercader que le había pedido protección al entrar en la selva y que había sido mudo testigo de la cómica escena que se acababa de desarrollar.

—Robin — le llamó la atención el "pequeño" Juan —, ¿qué haces con él?

—¿Cuánto dinero lleva?

—Cuarenta monedas de oro, si es cierto lo que nos ha dicho y, una rica cota de malla — informó Juan.

—Comprobadlo.

Lo revisaron, verificando que el hombre no tenía encima ni un cobre más ni un cobre menos de lo que había dicho.

—Bien; dadle veinte monedas más por haberse visto obligado a soportar la compañía de un ladrón como el padre Hugo, y que se vaya.

Al ayudarlo a echarse al hombro la pesada bolsa que llevaba con sus mercancías y provisiones para el viaje, el "pequeño" Juan le aplicó, a modo de saludo, un lindo puntapié en el sitio en que la costumbre ha destinado para ello... Mas al mercader maldita la gracia que le hizo la cosa, pues dándose vuelta con extraordinaria rapidez dió al gigante un puñetazo tal que lo tiró redondo al suelo.

Juan se levantó furioso, e iba a abalanzarse sobre el irascible mercader, cuando Robin lo detuvo con un grito:

—¡Alto ahí, Juan, que tú tienes la culpa! ¿Quién empezó?

—¡Pues no tiene poca fuerza el mercader! — comentó asombrado el fraile Tuck —. Oye, valiente, ¿quieres hacer conmigo un match a puñetazos?

—No tengo inconveniente, si me enseñas el juego...

—Es sencillo: tú te pones frente a mí; yo te doy un golpe como el que le diste a esa "criaturita"; si te quedas en pie, me pegas tú; luego yo a ti de nuevo y así hasta que uno tire al suelo al otro; ése gana.

—¡Listo! — aceptó el hombre ya dispuesto a comenzar.

Dió primero el fraile al mercader tal golpe que podría haber derribado a un toro, pero el hombre no movió ni la cabeza.

—¡San Pedro! — dijo el fraile —. ¡Este hombre debe ser de hierro! Ahora golpea tú.

Pegó el mercader y el fraile dió con su humanidad en el suelo, como un fardo, ante el estupor de todos.

—Ahora es mi turno, mercader — dijo Robin copando la banca y ligeramente amoscado al ver cómo había sido vencido uno de sus puntos más fuertes. Tiró con toda su alma y apenas si consiguió mover de su sitio a su contrincante, lo que llevó al colmo el asombro de los muchachos, pues entre ellos no había quien se aguantase a pie firme un golpe de Robin.

—Ahora yo — dijo el mercader.

Nadie podría explicar cómo fue la cosa. Sólo se vió el puño del hombre aquel en el aire y, casi sin transición, el cuerpo de Robin que caía de rodillas delante de él. En esa postura permaneció el arquero y, dirigiéndose al poderoso pugilista, le dijo en un inesperado tono de respeto:

—¡Señor, no es oprobio ser puesto de rodillas por el hombre que tantas maravillas ha hecho entre los sarracenos, y ya que el Caballero Negro es ahora un mercader, a un mercader pedimos los de Sherwood que nos perdone!

—¡Ajá! ¿Y he de perdonar el asalto a un sacerdote al que quitaste cuatrocientas cincuenta monedas de oro? ¿Deberé perdonar también el despojo a mano armada de que hiciste víctima a más de un barón, con el consiguiente escarnio? ¿Por qué he de perdonar eso y muchas otras cosas más?

—Señor — replicó Robin —, si he robado a un cura ladrón y a un barón asesino, jamás he tocado a un infeliz, a una mujer, a un viejo o a un niño. Ningún hombre honrado ha sido lesionado por mí o por los míos en lo más mínimo. He asaltado a un cura indigno de serlo y el dinero que le quité fue utilizado para nobles fines, porque lo envié para contribuir a vuestro rescate, porque queremos un rey justo y bueno para la pobre Inglaterra, que permita que la gente viva tranquila con su trabajo e impida la existencia de barones que viven de la sangre y el sudor de los humildes.

"Vos habéis conocido, señor, el castillo de Bellame, esa "fortaleza de los villanos", "Evil Hold" [1], que cierto Caballero Negro me ayudó a asaltar...

—Verdad, entera verdad — contestó Ricardo Corazón de León —; pero ¿qué necesidad teníais de matar los ciervos y los jabalíes ajenos?

—Confieso todas nuestras faltas — contestó Robin con tono humilde —; pero de algo debíamos vivir, proscriptos como estábamos... Señor, estos hombres han peleado con vos y han rogado al cielo para que volvierais a gobernar en Inglaterra arrancándola de las manos de los tiranos aduladores de vuestro hermano Juan... Perdonad lo que ellos hayan hecho de malo y castigadme a mí solamente...

—No, Robin — contestó el monarca con benévola sonrisa —, todos o ninguno. Que lo pa-

---

[1] Evil Hold era el nombre que el odio popular había puesto al castillo de Bellame, ya en tiempos del padre de Isambart. Evil quiere decir perverso, malvado, villano; y Hold prisión o fortaleza.

sado se eche al olvido y tú serás restituído al goce de tus derechos de hombre libre; tú y todos tus hombres. Además, quiero que seas guardabosque de Sherwood, con los hombres que elijas para tener bajo tus órdenes; los que quieran estar a mi servicio serán bien recibidos, porque necesito hombres de esta calidad.

—¡Viva el rey Ricardo! ¡Viva el mejor rey y el más fuerte guerrero que nunca tuvo Inglaterra!

Una ovación entusiasta hizo eco al grito de Robin.

—Dejadnos, señor, que os escoltemos hasta Nottingham...

—No, gracias, viajaré solo. No voy a Nottingham, sino directamente a la costa, para embarcarme esta noche para Francia. Portaos bien: la orden del levantamiento de vuestra proscripción está en poder de Roberto de Rainault y será proclamada por todo el país apenas os presentéis a él. ¡Adiós!

Y haciendo un cordial saludo con la mano, aflojó riendas a su caballo y partió a galope tendido sin dar tiempo a que la banda de Robin exteriorizara su agradecimiento. El eco de un fuerte ¡Viva el rey Ricardo! que resonó en el silencio de la selva acompañó durante largo rato la carrera hacia su desgracia de Ricardo Corazón de León...

* * *

—¿Y ahora, Robin?... — dijo el "pequeño" Juan cuando hubo desaparecido el rey.

—¿Quién se queda conmigo en Sherwood?

Una sola fue la respuesta: ¡todos!

Ese mismo día fueron todos a Nottingham, lo que produjo un revuelo en la ciudad, a recabar del sheriff la constancia escrita del real perdón. Al estirarle Roberto de Rainault el pergamino en que estaba extendida, no trasuntaba las facciones del rencoroso sheriff el espíritu del bondadoso y justiciero rey cuya representación ejercía en ese momento.

La alegría de Robin hizo que se pusiera de manifiesto su innata generosidad, y dijo:

—Sheriff, ¿queréis que os entregue esa flecha que tiene grabado vuestro nombre?

—¡No! — le contestó hoscamente Rainault — ¡porque los reyes no son eternos!

XX

OTRA VEZ
GUY DE GISBORNE

UNA leyenda afirma que cuando el rey Ricardo levantó la proscripción de Robin y sus muchachos, se los llevó a todos con él, incorporándolos a su guardia en tierra de Francia. Siendo exacto esto, la vida del arquero rey de la selva de Sherwood quedaría interrumpida para nosotros, pues nada se sabe de él como soldado en el continente.

Como el relato de la persecución de que lo hizo víctima de nuevo el sheriff de Nottingham y el abad de Santa María después de la partida del rey Ricardo para Francia, viaje del que nunca regresaría, no tiene contradictores, hay que creer que, o bien Robin se hizo cargo de su puesto de guardabosque sin ir a Francia, o bien regresó a Inglaterra apenas muerto Ricardo. En estas circunstancias es difícil que se pudiera hacer cargo de su empleo, pues el sucesor de Ricardo, Juan sin Tierra, designado para ocupar el trono por el propio Ricardo, que en el momento de morir le perdonó magnánimamente todas las perrerías que en la regencia le había hecho, no podía ser amigo suyo. Lo más probable es, entonces, que el rey Ricardo partiera sin él.

Recordaremos de paso que cuando Ricardo Corazón de León llegó a Inglaterra después de su cautiverio, pasó pocos días en Londres antes de salir para los Midlands y el condado de Lincoln, donde se habían refugiado los barones que, por adhesión a su hermano Juan, se habían demostrado más papistas que el Papa durante su ausencia. En poco tiempo logró Ricardo el castigo de esos señores, y regresó a la capital con el tiempo justo para preparar su partida para Francia, donde pronto hallaría la muerte.

* * *

No había llegado aún a las costas de Francia Ricardo, cuando Roberto de Rainault se presentó al príncipe Juan, de nuevo en el trono de Inglaterra, para pedirle la revocación del perdón de Robin, recordándole las vejaciones y las derrotas que había infligido a sus amigos.

Por su parte, Juan no había olvidado la insolencia del arquero en el famoso torneo de Nottingham. A pesar de eso, dijo al sheriff:

—Espera aún, sheriff; espera que pase algún tiempo, pues la popularidad de mi hermano y de ese bandido se mantienen vivas aun en el pueblo y no quiero empezar mal esta nueva regencia, que ejerciéndola con habilidad puede llevarme definitivamente al trono. Cuando llegue el momento revocaré el perdón y te entregaré a esa gente.

Algo decepcionado regresó el sheriff a su sede, mientras Robin, el fraile Tuck, Will Scarlett, el "pequeño" Juan, Much y los que se quedaron con su jefe tomaban posesión oficial del puesto de guardadores de la caza del rey en los bosques de Sherwood.

Poco tiempo después, Hugo de Rainault visitó al príncipe Juan y le llevó una nueva ofensiva sobre la revocación del perdón de la banda. Tuvo más suerte el sacerdote que el sheriff, pues regresó a Nottingham con una carta para su hermano, firmada por el propio Juan sin Tierra, en la que lo autorizaba para declarar a Robin y a todos los que lo acompañaban fuera de la ley...

La noticia cayó como una bomba entre los muchachos de la banda.

Much, a quien Robin había encargado de la administración de la chacra de Locksley, estaba en Nottingham cuando el pregonero anunció la sentencia. De inmediato regresó a Locksley, pues Robin le había anunciado su visita con Mariana para el día siguiente. Pero antes de llegar a la chacra, pudo divisar entre los árboles y convenientemente disimulados — aunque no lo suficiente por lo visto —, a varios hombres cuyas armaduras brillaban a los rayos del sol que conseguían abrirse paso por entre la arboleda.

Fácil le resultó establecer que era gente de Gisborne. Desvió entonces su camino y se fue derecho al viejo escondite de la banda, que permanecía aún en secreto para todo el que no formara parte de ella...

—Robin — dijo —. ¡Somos hombres muertos!

—No prosigas — le interrumpió Robin —, porque hay un proverbio que dice que los muertos no cuentan historias y tú me traes algo...

—¡Robin, el sheriff de Nottingham nos ha declarado nuevamente bandidos; lo oí esta mañana en la ciudad!

—¡Bah! Ya lo hizo una vez y todavía vivimos... — dijo Robin con calma.

—¡Es que ya han sitiado la chacra para ver si cae alguno de nosotros!...

—¡Buenas noticias!

—Robin — dijo el "pequeño" Juan —, ¿eso no te alarma?

—Sí, me alarma; pero antes de salir al encuentro de Gisborne, comeremos y descansaremos un poco...

Mariana se acercó al grupo en ese momento y Robin la tomó en sus brazos cariñosamente.

—Querida niña — le dijo —, de nuevo somos una banda de proscriptos; la omnímoda voluntad de los pillos ha decidido que somos otra vez unos bandidos... ¿Quieres que te mande al castillo de Lea, donde te hallarás más segura, al amparo de tu padre?

—Cuando te canses de mí, si quieres, puedes enviarme allá, antes no...

Al mediodía siguiente, Guy de Gisborne regresaba a Nottingham, hambriento y cansado, después de haber pasado casi veinticuatro horas vigilando la chacra de Locksley inútilmente. En determinado sitio del bosque hizo un alto para descansar, y fue entonces cuando aparecieron como cuarenta sujetos que se abalanzaron sobre sus hombres con espadas y mazas, al tiempo que se oían los característicos zumbidos de las flechas. La gente de Gisborne se entregó sin combatir; tal era el convencimiento de que nada podían hacer contra los arqueros que tantas veces los habían vencido.

Dejando varios hombres vigilando al normando, Robin se dirigió a la chacra de Locksley y le prendió fuego.

Guy de Gisborne había sido doblegado una vez más y la cólera del padre Hugo no tuvo límites, porque la chacra era propiedad de la Abadía de Santa María...

XXI

Poca importancia tuvo durante los primeros años la nueva proscripción de nuestros amigos, al punto de que no imprimió en la vida de la banda ninguna variante.

El ambiente popular de simpatía que los rodeaba había llegado casi a convertir a estos hombres en detentadores de un poder tan efectivo como el del sheriff, que sentía haber dado un paso en falso en la declaración de bandidaje que contra ellos había hecho, sabiendo que contaban con la protección del rey Ricardo y el calor popular.

Las gentes decían que cuando aquél volviese...

La banda vivía feliz, como decimos, en su refugio de la selva, cuando una mañana llegó a ellos una aciaga noticia. Al tomar por asalto una fortaleza en el Lemosín, una flecha había terminado con la vida del rey Ricardo. Al morir, olvidando las fechorías que debía a su hermano Juan, había dispuesto que éste ocupara el trono de Inglaterra.

* * *

Dos años después de la muerte del rey Ricardo, uno de los hombres de Robin llegó de Nottingham portador de otra noticia amarga para la banda.

Casi sin hablar por la sofocación, anunció que Roberto de Rainault había apresado al "pequeño" Juan y se disponía a colgarlo.

Robin reunión a su gente, cuyo número había aumentado considerablemente en el breve tiempo que la banda gozó del derecho de los hombres libres, y los puso al corriente de la novedad.

—Creo que no será tarea excesivamente ardua rescatar de las manos del sheriff a nuestro compañero — dijo —, pues ya sabemos cómo se hace ese trabajo; creo también que debemos ponernos en marcha cuanto antes, por lo menos para estar cerca del lugar cuando decidamos dar el golpe.

Uno de los primeros movimientos de Robin al prepararse para la partida fue el de buscar la flecha en la que el propio sheriff había escrito su nombre.

—Me parece que ha llegado el momento de

usarla — se dijo, colocándola en su carcaj, separada de las demás.

El hombre que trajo la noticia contó que se hallaba cerca de la ciudad de Nottingham, cuando vió ir en dirección a ella una larga caravana de hombres de armas capitaneados por el sheriff, que llevaba atado a su caballo y las manos esposadas al "pequeño" Juan. Este debía haberles dado mucho trabajo en su captura, pues varios de los hombres que lo conducían estaban visiblemente lastimados...

Robin llegó al camino de Nottingham por un atajo y no vieron sus baqueanos ningún rastro de que hubieran pasado todavía por allí el sheriff y sus esbirros. La suerte lo ayudaba otra vez.

Colocó a sus hombres estratégicamente y esperó con la paciencia que sólo tienen para esas esperas los buenos cazadores.

Estaba su ánimo trágicamente decidido a arrancar a su hombre de las manos del pequeño tirano del condado. Por fin, oyeron el inconfundible rumor de las caballerías en el suelo y los ruidos metálicos de las armaduras... Apareció la tropa, comprobando Robin la veracidad de las informaciones de su hombre; ahí venía el pobre Juan, arrastrado por el caballo del sheriff, al que seguían unos cien hombres fieramente orgullosos de su conquista...

El "pequeño" Juan, fatigado y mal herido, casi no podía caminar... Al ver eso Robin, en un movimiento instintivo de furor, disparó una flecha que se clavó violentamente en la cabeza del caballo. Por lo menos, el pobre Juan no estaba obligado a seguir caminando.

Junto con el caballo cayó el sheriff, que se puso en seguida en pie y armando su arco gritó:

—¡Una emboscada! ¡A ellos! ¡Cinco monedas de oro por cada captura!

Robin vió que las fuerzas estaban equilibradas en número y pensó que tenía ganada la partida.

La segunda flecha disparada por él mismo sólo fue una de las tantas, pues sus muchachos hacían llover flechas sobre los otros, que, a decir verdad, no lo hacían del todo mal. El "pequeño" Juan estaba tan extremadamente débil que, a pesar de todo lo que hubiera deseado, no podía tomar parte en la lucha, y se sentó sobre el caballo muerto, al cual estaba todavía atado, a presenciar la contienda por su rescate. Ya habían caído doce de los hombres del sheriff y unos diez de los de Robin, aunque ninguno de éstos prisioneros, cuando Will Scarlett fue herido mortalmente por el propio Roberto de Rainault. En ese momento, tan doloroso para Robin, pues veía caer definitivamente a uno de sus más queridos compañeros de la primera hora, el sheriff presentaba un blanco que la destreza del arquero rey de Sherwood no podía errar. Armó su arco, y al grito de ¡ahí va la flecha con vuestro nombre!, la lanzó, recta y veloz como un rayo de luz, dejándola clavada en medio de la frente del sheriff, que cayó sin exhalar un suspiro.

A todo esto, más de la mitad de los hombres de cada uno de los bandos estaba fuera de combate. La lucha había sido recia como nunca la habían presentado los servidores del sheriff. Pero al ver caer éstos a su jefe, se desorientaron en tal forma que iniciaron una veloz fuga a través de los árboles, siendo todavía algunos de ellos alcanzados por las flechas de despedida que les arrojaban desde las filas de Robin.

Terminada la batalla, se procedió a dar sepultura al pobre Scarlett y a los demás, que habían sucumbido. Veinte sumaban los muertos de la banda, sin contar a su viejo lugarteniente.

Todos recibieron piadosa sepultura, ejerciendo para ello su ministerio el fraile Tuck, que sufrió en ese momento una rara transformación: el "bandido" del bosque, alegre, sensual y peleador, había dejado paso a un sacerdote solemne e imponente que llenó de recogimiento religioso las almas de aquella buena gente que lloraba a sus compañeros muertos, mientras él decía un responso. La ceremonia dejó imborrables recuerdos en todos los muchachos. Aquellas veintiuna mortajas alineadas, que esperaban ser cubiertas por la tierra, presentaban un espectáculo, más que triste, heroico...

Los treinta hombres de los del sheriff, que murieron en el mismo día y lugar, ahí quedaron...

Los que salieron con vida contaron en Nottingham que ellos habían matado a toda la banda de Robin y que el bosque ya estaba libre de bandoleros...

El padre Hugo ofició él mismo un funeral por el descanso del alma de su hermano y en seguida llamó a Guy de Gisborne.

—Cada vez que habéis ido a tratar de dar caza a Robin Hood habéis sido vencido, pero esta vez creo que lo tenemos — comenzó diciendo el cura a su mayordomo.

—¿Tendré que ir de nuevo?

—Es necesario que venguemos la muerte de mi hermano...

—¿Tenéis algún plan para darle caza, que no sea el de ir a buscarlo en su madriguera?

—Si vamos a buscarlo en su madriguera, como decís vos, nunca lo atraparemos, pues él conoce demasiado bien la selva, y en esas condiciones nos lleva ventaja. Esta vez nos valdremos de la astucia. La semana próxima enviaré una importante suma de dinero al nuevo sheriff de Nottingham para el rey Juan. Serán portadores una docena y media de los frailes de la Abadía, que irán custodiados por cinco hombres bien armados...

—¡Ah! — dijo Guy — ¡Una trampa!

—Exactamente — confirmó el padre Hugo —, una trampa, y vos seréis el cazador, pues sé que ahora la banda ha quedado reducida a no más de veinte hombres. Vos deberéis poneros en marcha una hora después de haberlo hecho la comitiva que lleva el dinero, para alcanzarla cuando hayan sido detenidos por los asaltantes del bosque. Los tomaréis desprevenidos y os será fácil darle su merecido.

—Yo también tengo varios agravios que vengar del señor Robin Hood — dijo Guy de Gisborne, y ¡vaya si los tenía!... — ¡Cuando despachéis el convoy de anzuelo, yo estaré alerta con mis hombres!...

XXII

LA ULTIMA TENTATIVA
DE GUY DE GISBORNE

Estaba avanzada la mañana cuando el padre Hugo despachó el convoy que llevaría a Nottingham una importante suma de dinero y objetos de valor, que el sheriff debería hacer llegar al rey Juan como contribución de un fiel vasallo.

Unas dos millas antes de llegar a la puerta de Nottingham los portadores fueron atajados por una partida a las órdenes del fraile Tuck.

—Deteneos, mis queridos colegas — les dijo Tuck alegremente —. ¿Qué lleváis para Nottingham?

—¡Reliquias y ornamentos sagrados para la iglesia de Ninian; no cometeréis el sacrilegio de tocarlos! — dijo el padre Anselmo, a cuyo cuidado iba la comitiva.

—¿Reliquias? ¿Qué reliquias? — expresó con incredulidad Tuck —. Much, revísalos.

—¡Ese sacrilegio tendrá su castigo, humano y divino, falso fraile! — gritó el padre Anselmo.

—¿Falso? — protestó Tuck, con ganas ya de dar un golpe al sacerdote.

Revisado el equipaje, hallaron una buena cantidad de monedas de oro y plata, telas riquísimas, piezas de vajilla de gran valor y muchos objetos de arte. También había una carta para el nuevo sheriff de Nottingham, Simón Granmere. Tuck la tomó de manos de Much y, sin importársele un ardite de la violación de la correspondencia, la leyó. Decía así:

A Simón Granmere, sheriff de la cidad de Nottingham, saluda el padre Hugo de Rainault, abad de la Abadía de Santa María, y al rogarle que reciba los obsequios que los portadores le entregarán de su parte, haga llegar al rey Juan el dinero que también llevan. Si quisierais honrar mi mesa con vuestra presencia, mi mayordomo, Guy de Gisborne, que ha salido a apresar al bandido Robin Hood, os podrá dar escolta, para lo cual os esperaría en Nottingham hasta que vos dispusieseis vuestra visita a la Abadía. Cuando el señor de Gisborne se haya incautado de la persona de Robin Hood, os la llevará para que hagáis en ella la justicia que hace tanto tiempo se espera.

Enterado del contenido de la servil carta, el fraile Tuck esbozó una sonrisa y dió orden de ir al encuentro de Robin.

Al darse vuelta en el estrecho sendero, vieron que iba hacia ellos Guy de Gisborne con seis hombres. Mas en ese momento un árbol de enorme corpulencia y excesivamente frondoso cayó atravesado en el camino interceptando el paso de las caballerías. Quedó en la duda el caballero normando sobre lo que debía hacer para acercarse al grupo del fraile Tuck y el padre Anselmo, cuando vió que a paso acelerado llegaba Robin Hood con doce hombres por el mismo sendero.

El rey de Sherwood no atacó al normando desde ese momento, dando la impresión de que quería más bien hablar con su eterno enemigo. Pero éste no esperó y le lanzó una flecha que Robin no esperaba.

Se generalizó lo lucha, en la que, ya de salida, tocó la peor parte a la gente de Gisborne, mientras éste dirigía todos sus tiros tratando de herir a Robin, que hurtaba el cuerpo con su sin igual maestría y velocidad.

Al final la batalla quedó reducida a un match entre el sajón y el normando. El resultado era fácil de prever, puesto que no estaba librado a la suerte sino a la puntería: ¡el cadáver de Guy de Gisborne quedó tirado entre los árboles!...

* * *

Mientras las autoridades de Nottingham, las de la iglesia oficial y los barones que tenían sus feudos en el condado y en los inmediatos celebraban reuniones y conferencias para establecer un plan conjunto contra Robin, plan que los intereses encontrados hacían de dificultosa preparación, la calma reinaba en la selva de Sherwood.

Como cada uno de aquellos señores estaba queriendo obtener mejor ventaja de su contribución en hombres y armas para la pérdida de nuestro héroe, las discusiones se hacían largas e inútiles y Robin, con los suyos, vivía en paz.

En más de una ocasión, el nuevo sheriff, Simon de Granmere, había enviado expediciones a la selva, pero éstas no habían obtenido más provecho que deber soportar la burla, siempre renovada en sus métodos, de que la banda había hecho víctima a los "raidistas" de Gisborne, de Bellame y del sheriff cada vez que se habían presentado en los dominios de Robin. Llegó un momento en que era difícil hallar gente que quisiera cooperar en la caza, si la paga no era lo suficientemente substanciosa como para pasar un susto...

Pero el odio de Hugo de Rainault contra Robin se iba concentrando a medida que pasaban los años. No podía olvidar la continua derrota en que lo había tenido el audaz arquero, el fracaso de sus planes venales respecto a la fortuna de Ricardo at Lea y la muerte de su hermano Roberto, el sheriff.

Pasaron más años todavía; murió el rey Juan y ascendió al trono su hijo primogénito Enrique, que sólo tenía a la sazón nueve o diez años de edad; el padre Hugo era ya un viejo y los barones casi habían desistido de suprimir la banda de Robin, que, por otra parte, les daba entonces muy poco que hacer.

Un día anunciaron al abad de Santa María que un hombre quería verlo. El abad lo hizo entrar, y se presentó ante su vista un individuo pobremente vestido y sin armas, llevando un atado sobre sus espaldas.

Apenas estuvo el hombre frente al padre, éste dijo:

—¡Esa cara! ¡Pero si es Rogelio de Gran!

—El mismo, padre; el mismo que una vez fue un caballero y que desde que ese bandido de Robin Hood quemó el castillo de Bellame quedó reducido a vivir en los caminos... y hacer el vendedor ambulante en las ciudades.

—Y yo no puedo hacer nada por vos ahora, porque ese mismo truhán me ha dejado reducido a la nada...

—Pero si vuestro odio por él se mantiene vivo, yo sí os puedo ayudar, por lo menos a vengaros. Decidme, si consigo llevar a vuestros hombres hasta su escondrijo y una vez allí destruírlo, ¿cuál será mi recompensa?

—¿Podréis hacerlo?

Rogelio asintió con la cabeza y repitió:

—¿Cuál será mi recompensa?

—Si toda la banda queda destruída — contestó Hugo pausadamente —, os podría dar la mitad de las riquezas que ellos deben tener acumuladas, más quinientas monedas de oro, lo suficiente para convertiros en el hombre más rico de todo el condado de Nottingham.

Rogelio demostró su conformidad y dijo:

—Todavía no conozco el camino a la madriguera, pero sé cómo he de encontrarlo; me basta pasar una vez por una senda para no olvidarla jamás.

—Pero, ¿cómo llegaréis hasta ahí?

—Os diré mi plan. Oíd.

Y ambos hablaron durante largo rato. El abad ordenó que les sirvieran de comer y casi fue un festín lo que ofreció al andrajoso visitante, hasta el punto de que sus familiares, los sirvientes y los curas de la Abadía se hacían lenguas de la circunstancia de que un señor tan orgulloso como el padre Hugo sentara a su mesa a un vendedor de baratijas.

XXIII

LA MUERTE
DE MARIANA

Nos hallamos al día siguiente en la selva de Sherwood. Los proscriptos acababan de comer opíparamente, como era su costumbre, y el fraile Tuck, más gordo y más alegre que nunca, se estaba diciendo que si sólo hubiera bebido dos litros menos de cerveza con el asado de venado, el "pequeño" Juan no lo hubiera podido vencer ese día en el match de pugilato que acababan de hacer.

Al atardecer llegó al valle Guillermo el Mercachifle, viejo amigo de la banda y que de cuando en cuando les traía algunas mercaderías y, sobre todo, las noticias que sobre ellos circulaban por las ciudades. Esta vez Guillermo no venía solo: lo acompañaba un desconocido con un atado al hombro y a cuya vista el "pequeño" Juan dió un paso adelante.

—¿Qué es eso, Guillermo? — preguntó Juan —. ¡Bien sabes que ningún desconocido debe ver la senda que trae hasta aquí!

—Pero, mi amo — protestó Guillermo —, éste

es un hombre honesto y admirador de la banda. Trae una infinidad de cosas raras y preciosas, dagas árabes, un cuchillo de caza que usó el sultán de Siria, remedios, adornos, tapices de Asia, dijes y muchas otras cosas más. Es persona de toda mi confianza y un hombre bueno a carta cabal...

—Bueno; que se quede, ya que está aquí — rezongó el "pequeño" —, pero tú responderás de su conducta...

Lo que Guillermo no le contó al "pequeño" Juan era que el tal vendedor de fruslerías le había dado cinco monedas de oro para que hiciera ese juego.

El mercader desplegó toda su artillería de baratijas y comenzó el regateo de las mujeres, transformando el valle en una feria. Llegó a oídos de Mariana, la gentil reina de Sherwood, la baratura de las prendas que el hombre traía y quiso, también ella, ver la maravilla. Comprar por nada, uno de los deportes más femeninos de todas las edades y todos los países, no podía perdonar ni a ella, tan medida, tan circunspecta siempre... Pero cuando Mariana salió de su choza para ir a ver al mercader, ya estaba éste pronto para marcharse. De cualquier modo, le dijo:

—Buen hombre, ¿podría yo ver las cosas lindas que me han contado que llevas?

El hombre levantó la cabeza y ella reconoció al instante las duras facciones de Rógelio el Cruel, al que había visto bien durante su cautiverio en Evil Hold, el tétrico castillo de Isambart de Bellame.

La niña giró en redondo al reconocer esos ojos crueles y dió un grito para llamar la atención de los muchachos. Pero Rogelio se le echó encima y su diestra y filosa daga transformó ese grito en un débil y ahogado gemido de dolor...

Robin reconoció al punto la voz de su mujer, y como un gamo llegó al sitio en que se hallaba, al tiempo que otros compañeros también corrían. Se percató rápidamente de lo que había pasado, y tomando un arco y una flecha que vió tirada por tierra, dejó clavado en un árbol, como a una mariposa, al asesino que trataba de ponerse a salvo disparando por entre las sombras del bosque.

En seguida levantó del suelo a Mariana y dijo a los muchachos con trágico acento:

—Traedme aquí a ese hombre...

Con Mariana en brazos se dirigió a su choza. Ya había visto que la herida era demasiado profunda para intentar nada por salvar a la pobre santa, que con tanto valor y buena voluntad había compartido su vida aventurera, sin quejarse jamás ni expresar el asomo de un deseo de cambiarla por las suntuosidades del castillo de su padre.

Mariana se sentía morir. Miró a su marido y le sonrió con esa dulce sonrisa que sólo los moribundos tienen.

—Esto, amado mío, es nuestro adiós — dijo débilmente —; dentro de poco me habré ido... Pero antes quiero decirte cuánto te agradezco los años de felicidad que me has proporcionado...

Robin inclinó la cabeza y le dió un beso.

—Amor mío — le dijo con la voz entrecortada por los sollozos que le era difícil contener —, yo esperaba todavía muchos años felices a tu lado; en cambio, ahora mi vida ya no tendrá razón de ser por el tiempo que me resta para ir a reunirme contigo.

—Te queda tu Sherwood, ¡nuestro querido Sherwood!... Y ahora llama al buen Tuck, para que me ponga a bien con Dios y me administre los últimos sacramentos... ¡No, tú no te vayas!... Quiero morir en tus brazos..

Cumplida la dolorosa misión de prepararla a entregar su alma a Dios, el fraile Tuck los dejó solos... Nadie más que Robin se hallaba a su lado, en el momento de exhalar el último suspiro. Cuando Robin pudo hablar de ese momento, sólo les dijo al "pequeño" Juan y al fraile, que Mariana había muerto diciendo que así era precisamente como había querido morir: en sus brazos, al caer la noche, en el corazón de ese bosque que había sido el escenario de su felicidad...

Ya anochecido, Robin quiso que le llevaran a Rogelio el Cruel y a Guillermo el Mercachifle. Mientras le traían a Gran, el segundo se le echó a los pies, lloriqueando.

—¡Piedad, Robin!; yo lo creí un hombre bueno, incapaz de hacer una traición; de otro modo, ¡nunca lo hubiera traído hasta aquí!

—Piedad tendrás — le contestó Robin con calma —. Vete y que nunca más te vuelva yo a ver; y recuerda que mi mujer, todo cuanto adoraba en el mundo, ¡ha muerto por tu culpa!...

No se hizo repetir el permiso — o la orden, mejor dicho —, y más ligero que un gamo puso pies en polvorosa. Temiendo siempre que se despertara en el magnánimo Robin un justo deseo de venganza, y sabiendo hasta dónde llegaba su culpa, se fué del condado de Nottingham, pues no estaba seguro de que no le alcanzara el castigo por parte de algún amigo del proscripto, ya que pronto circuló la noticia de que había sido él el entregador.

Quedaba Rogelio el Cruel, herido, esperando que sobre él se hiciese justicia por el asesinato de la reina de Sherwood.

Por decisión de Robin, sus hombres cargaron

con el herido y marcharon toda la noche en dirección de la Abadía de Santa María. Habían hallado en las ropas de Rogelio un significativo documento firmado por el padre Hugo, y por el cual se comprometía a cederle la mitad de lo que en la vivienda de la Canela se hallara, más quinientas monedas de oro. Por lo visto, el caballero conocía el paño y no había querido intentar la empresa sin asegurarse por escrito. En el camino, y poco tiempo antes de llegar, los hombres de Robin fueron cortando gruesas ramas de árboles, con las que, una vez frente a la Abadía y como a unos cincuenta pasos de distancia de su entrada, levantaron una primitiva horca, de la que colgaron a Rogelio, con el documento prendido en el pecho, para que nadie ignorara cómo se había ganado el patíbulo. Al pie de la firma del padre Hugo el fraile Tuck escribió, a pedido de Robin, el siguiente mensaje:

Este es el destino que espera a los asesinos pagados por el padre Hugo. La próxima vez el castigo lo recibirá él.

El abad de Santa María, desde entonces, se quedó tranquilo, porque sabía que Robin Hood siempre cumplía sus amenazas...

XXIV

LA ULTIMA FLECHA

Pero después de la muerte de Mariana cambió completamente la fisonomía de la banda. Ya no era más que un grupo de hombres reunidos sólo por el hecho de vivir en común.

Pasaban las horas y los días sin hablarse entre ellos y sin organizar aquellas salidas siempre provechosas en busca de algún infeliz a quien proteger o un prepotente a quien castigar, y que eran su más intenso solaz y esparcimiento. Vagaban separados por el bosque, como perdidos, y hasta comenzaron a aparecer las disensiones que nunca habían tenido cabida en sus ánimos. El espíritu de cuerpo que animaba el deseo de la aventura había desaparecido.

Robin parecía la sombra de sí mismo.

Un día reunió a todos los muchachos, y repartiendo entre ellos por partes iguales todo lo que tenía, les pidió que se considerasen dueños de su destino, con lo que daba por disuelta la banda.

Con el alma henchida de una infinita tristeza, cada cual se fué por su lado. Algunos a servir a Alan-a-Dale, personaje que siempre había demostrado simpatía por la banda; otros a casa de sir Ricardo at Lea, el padre de Mariana, donde fueron recibidos con los brazos abiertos; unos se alistaron en los diversos ejércitos que en ese tiempo hacían la guerra en el continente; pero los más arrendaron tierras y se dedicaron a cultivarlas, recordando los buenos tiempos vividos en el bosque.

Cuando ya todos los muchachos habían abandonado la selva, el fraile Tuck volvió a hacer el ermitaño instalándose cerca de un riacho donde abundaban hermosas truchas y a tiro de flecha del sitio de pastoreo de ciertos ciervos reales. . .

Quedaron solos Robin y el "pequeño" Juan.

—¿Y ahora, buen Robin?

—Adonde me lleven los vientos o me impulse el destino, allá iré. Haz tú como hicieron los demás, porque los buenos tiempos de Sherwood se acabaron y ya somos viejos. . .

—Adonde tú vayas iré yo. No hemos pasado juntos casi toda la vida para separarnos ahora. Ya lo hará la muerte. . .

—Entonces dirijámonos hacia el norte; y considero no haber vivido en vano si he podido despertar una amistad como la tuya, querido Juan.

—Acuérdate de los buenos momentos que hemos pasado juntos. Recuerda aquella vez que hicimos volver a la Abadía a Guy de Gisborne con toda su gente, en camisa; y cuando nos burlamos del sheriff; y cuando incendiamos Evil Hold...

—Y cuando rescatamos a sir Ricardo...

—¿Y esa vez que luchamos a puño limpio con el rey Ricardo y luego nos levantó la proscripción?...

—¿Y recuerdas las veces que hostilizamos al padre Hugo o a sus hombres?

Y añorando, al recuerdo de las hazañas en que juntos se habían jugado la vida, aquellos tiempos que se fueron, caminaban hacia el norte, hacia la frontera de Yorkshire. Pero cada día de camino era un paso atrás en la resistencia al dolor del arquero de voluntad de hierro; y cuando llegaron al convento de Kirkless, de donde Mariana había sido sacada en ausencia de su padre por la avaricia del abad, debió pedir a las monjas que le dieran asilo, porque se encontraba ya en el límite de sus fuerzas para continuar el camino. La abadesa de Kirkless, hermana de la madre de Robin, les dió albergue y al "pequeño" Juan custodia permanente en la puerta de la celda que le asignaron, temiendo una traición.

Dos veces lo sangró la propia abadesa, pero el pobre Robin, deshecho el organismo y todas las posibilidades de reacción por la honda pena de haber perdido a Mariana, no mejoraba.

En ese tiempo, el padre Hugo de Rainault se enteró de que Robin se hallaba en el convento de Kirkless y escribió una larga carta a la abadesa...

El día que Isabel, que así se llamaba esa mujer, recibió la carta, se acercó al lecho del enfermo y le dijo:

—Sobrino, tendré que hacerte una nueva sangría si te quieres curar.

—Haced lo que os parezca, madre — dijo Robin con voz apagada.

La madre abadesa tomó una navaja y le abrió largamente una vena, aunque bien sabía la infame que Robin estaba demasiado débil para soportar una nueva pérdida de sangre. El abad de Santa María había ordenado esa sangría, y ella debía obedecer a pesar de ser ese desventurado que estaba a su merced el hijo de una hermana.

Algo que Robin pudo ver en el semblante de la madre abadesa le delató sus intenciones, y llamando con débil voz al "pequeño" Juan, que se había retirado al lado de una ventana mientras se hacía la operación, le dijo:

—Juan, haz que la madre se vaya y véndame en seguida el brazo, aunque siento que ya es tarde.

La abadesa se retiró y Juan vendó el brazo lo más rápidamente posible, pero vió que los labios del enfermo estaban blancos y su respiración era casi inaudible. El "pequeño" Juan se dió cuenta de que eso era el fin, y no pudo contener las lágrimas. Pero, ¿podía su Robin morir a manos de una traidora?

Esa tarde el "pequeño" Juan no se movió del lado de la cama de Robin. A veces el enfermo le hablaba serenamente de los tiempos pasados, y a veces deliraba, creyéndose en Sherwood, rodeado por todos los muchachos y teniendo a su lado a su adorada Mariana. Hacia el atardecer durmió un rato, y cuando despertó vió, pegado a su cama, al "pequeño" Juan, y sonrió con una suave sonrisa...

Le habló:

—Juan, ahora iré junto a mi dulce Mariana, pues ella ha venido a verme y me dijo..., me dijo que... No, no puedo contar todo lo que me dijo, pero alcánzame mi arco y una flecha...

Juan le alcanzó el arco y Robin, haciendo un esfuerzo, lo armó. La ventana estaba abierta y, sentándose en la cama, apuntó hacia las copas de los árboles que rodeaban el convento.

Disparó la flecha en el vacío, más allá de los muros...

—Ahí — dijo cayendo sobre la cama —, ahí quiero que me entierres, "pequeño" Juan, donde los verdes árboles mueven sus ramas y los pájaros cantan al llegar la primavera... Ahora dime adiós, pues me quiero ir... ¡Mariana!... ¡Mariana!

Con el nombre de su amada en los labios entregó su alma, alma de poeta precursor de utopías, ese santo varón perseguido por los malos y adorado por los desventurados, a quienes había hecho el don de su juventud y de sus inquietudes espirituales...

El "pequeño" Juan lloró inconteniblemente durante largo rato. Antes del anochecer salió de la celda y fué a buscar el sitio donde había caído la última flecha de Robin Hood.

La halló al pie de un viejo roble, y ahí enterró a su amo, su hermano, su amigo...

Cumplido el penoso deber, el "pequeño" Juan anduvo por el mundo contando a quien quisiera oírlo las hazañas de Robin y su banda, hasta que al fin él también rindió su alma a Dios, pero dejando sus narraciones convertidas en algo así como cantares de gesta, que se adentraron en tal forma en el corazón del pueblo inglés que jamás podrán ser desarraigados.

Para las gentes, Robin Hood y sus muchachos nunca han de morir, aunque el polvo de muchos siglos cubra sus tumbas...

INDICE

EDICIÓN 2,000 EJEMPLARES
DICIEMBRE 1998

LITOGRÁFICA M.G.
Fray Pedro de Gante Mz. 2 Lt. 122
Col. Sección XVI Tlalpan.